이 소설은 정당이나 정치적 이념과는 전혀 관계가 없습니다.
부동산 시장에서 자연스레 일어나고 있는
실제 사건과 사실을 바탕으로 한 소설임을 밝힙니다.

# 아파트 공화국에 무너진 내 인생

저      자  채복기

저작권자  채복기

1판 1쇄 발행  2021년 3월 15일

발 행 처  하움출판사
발 행 인  문현광
교      정  윤혜원
편      집  조다영
주      소  전라북도 군산시 수송로 315 3층 하움출판사
I S B N  979-11-6440-755-2

홈페이지  http://haum.kr/
이 메 일  haum1000@naver.com

좋은 책을 만들겠습니다.
하움출판사는 독자 여러분의 의견에 항상 귀 기울이고 있습니다.

우리가 살아가는 삶의 단면을 감각적이고 날카롭게 지적하는 예리한 시선

# 아파트 공화국에
# 무너진 내 인생

**채복기** 장편소설

## 작가의 말

지금 대한민국 무주택 서민들은 공포에 질려 살아가고 있다. 집 한 채 가지고 있는 사람은 있는 대로, 없는 사람은 없는 대로 공포에 사로잡혀 어느 날 갑자기 자신이 벼락 거지가 되지 않을까 심히 두려움에 떨고 있다. 사상 최악의 전세 폭등과 무섭게 치고 올라가는 집값에 무주택 서민들의 불안감과 두려움이 시간이 지날수록 커지고 있다. 그야말로 부동산 가격의 폭등으로 국민의 상대적 박탈감과 피로도가 하늘을 찌르고 있다. 그런데 더 큰 문제는 사실 정부로서도 현재의 부동산 시장의 불안을 잠재울 만한 마땅한 해법을 찾지 못하고 있다는 것이다. 어쩌면 무주택 서민들이 끝이 보이지 않는 터널을 언제까지 가야 할지 기약할 수가 없는 상황이다.

이 세상에는 젓가락 하나 꽂을 만한 자신의 땅도 없이 가난해도 대한민국을 조국이라고 믿으며 법을 준수하고 열심히 행복하게 사는 사람들이 수없이 많다. 다들 힘들다, 힘들다 하면서도 그래도 즐겁고 행복하게 살아가고 있다. 내일의 희망이 안 보여도 고달픈 삶 속에서도 용기를 잃지 않고 살아가는 사람도 얼마든지 많이 있다. 특히 경제 위기가 본격화된 이후 가족의 위기나 해체도 있었고 가족 간의 긴장감이 커진 가족도 많이 있었지만, 오히려 경제 위기 이후 가족의 가치를 재발견한 가족이 훨씬 더 많아진 것 또한 사실이다. 삶이 어렵고 힘들수록 가족에게서 위안을 찾고 가족에게 더 많은 사랑과 관심 그리고 정성을 쏟으면서 하루하루를 행복하게 살아가고 있는 사람들이다. 그런데 이런 가족들에게 거처할 따뜻한 공간이 없다면 아니, 집 때문에 모든 가족이 힘든 고통을 받아야 한다면 과연 행복한 삶을 지탱해 나갈 수 있을까? 책을 쓰는 내내 많은 생각을 했다.

대한민국에서 집 한 칸 장만하기가 너무 힘겨워하시던 어느 아버지가 말씀하셨다.

"사는 게 너무 힘들구나. 이제는 가정을 지킬 만한 힘이 없구나."

아버지 입에서 흘러나오는 말은 가히 충격이었다. 삶을 포기하겠다는 말이다. 가족의 사랑이 부족해서가 아니라, 집 한 칸이 없어서 "가정을 지킬 만한 힘이 없구나."라고 말씀하신 그 아버지를 보고 정말 가슴이 찢어졌다. 남의 이야기가 아니었다. 집 없는 우리 모든 서민의 이야기였다.

그렇다. 집 한 칸이 없는 우리들의 아버지들 모두 다 마찬가지일 것이다. 평생 가족을 위해 무거운 멍에를 지고 살아왔던 우리 모두의 아버지들. 지치고 힘들어 포기하고 싶을 때도 수없이 많았지만, 그저 앞만 보며 달려왔던 우리의 아버지! 언제나 뒤돌아선 곳, 보이지 않는 곳에서 소리 없이 우셨다. 수많은 파편을 맞아가며 고립된 날카로운 삶에 포위되어서도 하루하루를 버텨 나가시던 우리 아버지는 끝까지 가정의 울타리를 지키려 발버둥 치셨다. 그런데 집 한 칸 없다는 이유로 영원히 돌아올 수 없는 벼랑 끝, 낭떠러지로 몰린다는 것은 가정의 비극을 떠나 대한민국의 비극일 것이다.

가족이란 그렇다. 사랑하기 때문에 살아가는 아름다운 공동체다. 아무리 어렵고 힘든 가족 간의 갈등이 있었다 할지라도 끝까지 용서하고 화해하고 사랑할 수밖에 없는 것이 가족이다. 가족이기에 어쩔 수 없이 원망도, 슬픔도, 사랑마저도 다 품 안에 담으면서 살아가고 있다. 이런 대한민국의 소박한 가정을 위해 적어도 열심히 일하고 노력하면 꿈이 이루어지는 상식적인 나라가 될 수 있다면 얼마나 좋을까. 내 나라에 열심히 세금을 내고, 열심히 일하면 자신의 소득에 걸맞은 조그마한 집 한 채는 가질 수 있는 그런 정상적인 사회가 빨리 오기를 간절히 바라는 마음이다.

저자 **채복기**

# 1장

"네, 여보세요?"

"아, 이예진 씨 번호입니까?"

"네. 그런데요. 누구신가요?"

"아, 여기는 충남 보령경찰서 교통계 박인혁 경사입니다. 남편 되시는 분이 장시경 씨 맞습니까?"

"네. 맞는데요."

"예, 남편 되시는 분이 20분 전에 이곳에서 충남 보령에서 교통사고가 났습니다. 지금 병원으로 막 이송되었습니다."

"네? 우리 남편이요? 아니, 도대체 무슨 사고인가요? 어느 정도인가요? 생명에는 지장이 없는 건가요?"

깜짝 놀란 예진은 겨를도 없이 속사포처럼 따지듯 물었다.

"아직 저희도 정확한 사고원인은 잘 모르고 있습니다. 큰 사고라 급히 충남 아산병원으로 이송되었다는 정도만 알고 있습니다. 그리고…."

"그리고요?"

"아, 어쩌면 자살일 수도 있다는 보고가 좀 전에 들어왔습니다."

"네? 자살이요? 아니, 그럴 리가요."

"네. 지금으로서는 전화로 다 말씀드릴 수가 없을 것 같습니다. 우선 보호자 되시는 분이 빨리 병원으로 오셔야 할 것 같습니다. 병원에 가시면 저희 관할 서 담당 경찰 한 분이 진상 조사를 위해 대기하고 있을 것입니다."

"여보세요? 여보세요?"

"……."

KBS 9시 뉴스입니다.

국토부는 17일 오늘 오전 서울 종로구 정부서울청사에서 갭 투자 근절을 위한 규제지역을 추가로 지정하는 등의 내용으로 스물두 번째 부동산 대책을 발표했습니다. 이번에도 역시 정부가 내놓은 대책의 핵심은 많은 사람의 예상대로 '투기수요 근절'이었습니다. 정부는 투기수요 근절뿐만 아니라, 실수요자 보호라는 원칙하에 주택시장 과열요인을 차단하고 기존 대책의 후속 조치도 차질 없이 추진하기로 했습니다. 특히 전세를 끼고 주택을 매입해 차익을 거두는 이른바 '갭 투자'에 대해서도 주택담보대출 등 실수요 요건을 강화하겠다는 방침을 내놓았습니다.

자세한 내용은 국토부에 나가 있는 이지연 기자와 연결해 보겠습니다.

"지랄하네…. 어휴, 저 지겨운 부동산 대책 발표…. 도대체 오늘이 몇 번째야?"

"아줌마! 거, 채널 좀 돌려요. 어디, 야구 하는 데 없어요?"

약속 장소에 먼저 와서 친구들을 기다리고 있던 찬수는 또 심통이다.

"씨발, 집값도 하나 못 잡으면서 그놈의 발표는 우라질 나게 많이 해 처먹네. 아파트값 올랐다고 지랄하는 뉴스가 나올 때마다 내 속이 다 썩어 문드러지는데 오늘도 또 지랄같이 발표하는구먼. 도대체 몇 번째야, 씨발…."

혼자 중얼거리며 마음껏 욕설을 내뱉던 찬수는 반쯤 남은 술잔을 들어 던지듯이 입안으로 탁 털어 넣었다.

"캬―아! 그래도 변치 않는 요놈의 술이 내 마음을 알아주지. 이놈의 술 없이 어떻게 이 험한 세상을 살아가노. 그래, 이놈이 바로 나의 생명수야. 생명수. 흐흐흐."

술 한 잔에 매우 흡족하던 찬수는 또다시 빈 잔에 술을 가득 따랐다. 금요일 주말 저녁 모처럼 친구들과 만나 술자리를 갖기로 한 찬수는 퇴근 후 집에 갔다 오기도 어중간해서 회사에서 바로 오다 보니 약속 장소에 30분이나 일찍 나오게 된 것이다. 술을 좋아하는 그는 허기가 느껴져서 먼저 파전 하나와 소주 한 병을 시켜놓고 벌써 반병째 마시고 있었다.

잠시 후, 시간에 맞추어 들어온 친구들과 함께 주거니 받거니 마시기 시작한 술잔은 이미 몇 순배를 돌았다. 조금씩 취기와 행복감을 느끼며 술을 마시던 친구들은 어느새 팍팍한 세상을 잊게 하고 있었다. 조그만 출판사를 경영하며, 언제나 폼생폼사 인생을 즐기며 살아가는 박찬수와 강남에 있는 33평짜리 아파트에 살면서 항상 아내에게 고마워하면서 살아가는 회사원 현진호, 그리고 평범하지만 열심히 착하게 인생을 살아가고 있는 장시경은 모처럼 만나 나름 즐겁고 행복한 시간을 보내고 있었다. 항상 그렇듯이 이날도 술이 그 자리를 지배하고 있었다. 일주일 동안 있었던 회사일, 세상일, 허접스러운 이야기를 한창 나누고 있을 즈음 소주를 맛깔나게 들이켜던 찬수가 술잔을 탁자 위에 '탁'하고 내려놓더니 한마디 던졌다.

"야, 너거들 오늘 22번째 부동산 대책 발표 봤냐?"

"에이 때려 챠라. 그딴 소리…. 술맛 떨어진다."

찬수의 말이 끝나기도 전에 진호가 먼저 역정을 낸다.

"그래, 때려치워라. 부동산의 부(不) 자, 아파트의 아 자만 들어도 울화통이 터진다. 그만해라이."

기다렸다는 듯이 시경도 얼른 한마디 거든다.

"아, 그게 아니고. 그러니까 도대체 저 인간들 뇌 속에는 뭐가 들어있는지, 그리고 국토개발부는 뭔 지랄을 하고 있는지, 허구한 날 부동산 대책만 발표하고 집값은 다 처올려놓고, 이놈의 정부 정말 미친 정부 아냐? 나도 속이 터져서 그렇지."

"야야, 뭘 새삼스럽게 그러냐? 정부가 뭔 죄가 있어? 그 양반들이 집값을 잡을 줄 몰라서 안 잡겠냐? 안 잡히는 것을 지들도 어떡하겠어. 그래도 나름대로 최선을 다하고 있다잖아."

"최선은 무슨 놈의 최선, 능력이 안 되는 거지."

"시경아, 네 생각도 그렇냐?"

"나한테는 집에 대해서는 더 묻지도 마라. 안 그래도 집주인이 전셋값 왕창 올릴 것 같다고 낮에 아내한테서 전화 왔었다. 지금 내 머리에 있는 핏줄이 다 터져 있는데, 네 생각은 어떠냐고 묻는 건 친구로서 예의가 아니지. 솔직히 난 지금 집값, 전셋값 폭등이 이제는 그냥 무섭다."

"하하하. 그래 맞아. 우리 시경이한테는 부동산이고, 집값이고 이런 이야기 하면 안 되지. 우리 착한 시경이가 얼마나 힘들겠어."

"뭐, 나만 힘드냐. 찬수도 힘들지."

그때 찬수가 또 한 맺힌 소리를 쏟아 낸다.

"아이 씨발, 이 엿 같은 세상. 그래도 진호 너는 와이프 덕택에 강남에 33평짜리 아파트라도 하나 건졌으니 팔자라도 고쳤지. 기껏 나는 수도권에 전세 하나, 시경이는 석관동에 전세 하나. 언제 전세금 올려달라고 할지 몰라서 벌벌 떠는 대한민국에서 제일 불안하고 불쌍한 세입자들…. 야, 진호 인마 너는 평생 마누라 업고 다녀야 한다."

"그건 그래, 나도 잘 알지. 예전에 몰랐는데 요즘 들어 우리 와이프가 얼마나 대단한 사람인지 아니, 세상에서 가장 위대한 사람으로 얼마나 예쁘게 보이는지 몰라. 솔직히 너희들한테는 좀 미안하기도 하지."

"하긴 그려, 진호 와이프가 재테크 잘해서 강남에 33평 아파트를 청약받았으니. 그것도 15년 전에 말이야. 이 얼마나 위대한 여자야. 야, 지금 30억 넘지?"

"으응…. 뭐 그 정도. 조금 넘을 수도 있고…."

"와, 30억이면 찬수 너하고 나는 30번 죽었다 깨어나도 못 만져보는 돈이다."

"야, 그때 우리도 아파트를 샀어야 했는데. 젠장, 집값이 안 오른다고 정부에서 그 몇 놈이 씨불이는 바람에 기회를 다 놓쳤지. 내가 그때 집을 장만하지 못한 것 때문에 우리 마누라한테 평생 안줏거리로 살아가잖아."

"하하하…."

"야들아, 그런데 참 웃기는 게 뭔지 아니?"

"뭔데?"

"솔직히 나 같은 경우는 못 살다가 강남에 운 좋게 입성한 사람이잖아. 그런데 이상하게도 내 자식이 비(非)강남에 살까 봐 두렵더라. 내가 생각해봐도 정말 내가 미친놈 같더라."

"진호야 그건 아냐. 네가 미친 게 아니야. 대한민국 부동산이 사람을 그렇게 만든 거야. 너는 아무런 죄가 없어. 이제 대한민국은 똘똘한 아파트 한 채만 있으면 세상에 부러움 없는 나라가 된 거야."

"세상에 부러움이 없는 나라? 야, 야, 그러니 생각나네. 내가 몇 년 전에 북한 돈을 봤는데 거기 뭐라고 적혀 있는지 아니?"

"북한 돈?"

"그래. 우연히 누굴 통해 봤는데…. 허 참, 북한 돈에 이런 말이 있었어. 세상 부럼 없어라."

"뭐? 세상 부럼 없어라? 진짜야?"

"그럼. 내가 분명히 봤어."

"야. 그런 북한도 세상 부럼 없다고 하는데 수백 배 잘사는 대한민국에서는 세상 부럼 많은 사람이 얼마나 많으냐. 집 가진 자는 무조건 부러운 나라가 된 거니 참, 더러운 세상이다."

"나도 요즘은 그래. 집값이 무섭게 올라갈 때는 그래도 집 때문에 내 팔자도 고쳤구나 했는데 너무 무섭게 올라가니까 솔직히 집을 가지고 있는 나도 겁나더라. 야, 이제 좀 그만 올랐으면 좋겠다는 생각도 솔직히 들어."

"미친놈, 호강에 겨워 요강에 빠지는 소리 하고 자빠졌네. 자식…."

"아니 그게 아니라 막말로 오른 것은 좋지만 너무 오르면 집 없는 사람들한테는 좀 많이 미안하지. 집 한 칸 장만하려고 얼마나 아등바등하는데…. 야, 하지만 너희들 그거 아니? 집값 올랐다고 세금은 얼마나 퍼 때리는지 알아?"

"야, 이 미친놈아 세금 때려 맞아도 집값 오르는 게 백번 천번 낫지. 아니, 구더기 무서워서 장 못 담그냐?"

"아니 그게 아니라, 정말 너희들이 몰라서 그러는데 세금에 치여 죽겠어. 집값은 다 올려놓고 세금은 폭탄처럼 터지니 종부세 같은 것은 폭탄이야 폭탄. 나 같은 월급쟁이 수입은 빤한데 감당을 못 하겠어. 그렇다고 세금 무서워서 집 팔고 어디 전세로 갈 수도 없고 말이야."

"그건 그렇지."

"막말로 집 팔고 다른 집 사봐야 맨 똑같이 다 올랐는데, 솔직히 그게 그거지 뭐. 아니, 자칫 집 팔았다가 엄청난 양도세 내고 나면 이미 오른 다른 집도 못 사. 아차 하면 거지가 될 수도 있어. 그러니 함부로 집도 못 팔아. 그냥 오른 가격만 공중에 붕 떠 있는 거야. 그러는 사이 세금은 미친 듯이 올랐고 그러니 나처럼 집 하나 있는 사람들도 사실은 힘들어."

"야야. 골치 아픈 이야기는 고만 때려치우고 술이나 퍼마시자. 뭐들 하냐? 한 잔 따라봐라."

13

"야 인마, 오늘은 지부지처 해라."

"뭔 소리야?"

"무식하기는…. 넌 지부지처도 모르냐?"

"뭔데? 사자성어냐?"

"그래 사자성어다. 이놈아. 지가 부어서 지가 처마시는 걸 지부지처라고 하는 거야."

"하하하하…. 그거 말 되네…."

"참. 그런데 찬수야, 너 출판사는 좀 어때? 우리야 직장 다니니까 맨날 똑같지만…."

까불며 재미있게 술을 마시던 찬수는 갑자기 긴 한숨을 쉬더니.

"아이고, 한마디로 딱 표현하자면, 죽을 맛이야. 요즘 같은 때에 책이 팔리겠니? 직원 세 명 두고 15년을 그래도 잘 버텨왔었는데 지금은 직원들 월급 주기도 힘들어."

"그 정도야?"

"더군다나 최근에 우리나라에서 가장 큰 서적 도매상 두 군데나 문 닫았잖아. 난리야 지금."

"햐, 정말 남의 일 같지가 않구나."

"너희들도 한번 생각해봐. 집값이 아무리 올랐다고 해도 사실 현찰 1억을 내 집 금고에 넣어 놓고 쓰는 사람이 얼마나 되겠어. 아마 별로 없을 거야. 평생 죽을 때까지 현찰 1억. 구경 한번 못하고 죽는 사람도 부지기수잖아."

"그렇지."

"그런데 봐봐, 가만 앉아서 5억, 10억 아니면 20억, 30억씩 집값이 오른 사람들은 도대체 어떤 마음으로 살아가겠어? 뭐 4, 5억은 부지기수로 많으니…. 그 사람들 지금의 정부를 얼마나 찬양하겠어. 땡잡았다고, 인생 대박

쳤다고 난리 블루스 추면서 살아가지 않겠어? 지들 혼자서 별 오만 가지 인생 계획을 다 짜면서 말이야."

"또 집값 이야기로 빠지네…."

"어휴 그런 생각만 하면 울화통이 터져 잠을 잘 수가 없어서 그래…. 씨발, 이런저런 생각 하면 출판사고 뭐고 다 때려치우고 이민이나 갔으면 좋겠어."

"그렇지. 그것 생각하면 직장생활하는 우리 같은 사람은 그냥 확 죽어버려야 해. 살 가치도 없는 존재들이야. 일 년 365일 내내 지지고 볶으며 월급쟁이 해봐야 평생 죽을 때까지 현찰 1억을 무슨 재주로 만져보겠어. 그냥 땅거지로 평생을 살아가는 거지 뭐. 그러니 무슨 희망이 있겠어. 이놈의 집값 폭등이 수많은 사람의 영혼까지 다 죽이고 있는 거지."

"야들아. 혹시 너희들 그것 아니?"

"뭔데?"

"출판사에서 운 좋아 책 한 권 대박 치면, 예를 들어 백만 권 팔리면 저자가 얼마나 가져가는지 아니?"

"얼만데?"

"백만 권 팔리면 인세로 최소한 10억은 가져가지."

"10억? 와, 엄청나게 많네."

"그런데 그렇게 대박 치는 책이 전국을 통 틀어도 1년에 한두 권도 드물어. 영화로 말하면 천만 관객이야. 하늘의 별 따기지. 완전 베스트 중에도 대베스트셀러가 되어야 저자가 10억을 버는데, 가만히 앉아서 먹고 자고 나면 집값이 올라서 10억, 20억, 30억씩 버는 놈들이 있으니 이게 무슨 나라냐? 이런 상대적 박탈감에 집 없는 서민들은 어떻게 살아? 아니, 어떻게 일할 맛이 나겠어? 자살 안 하는 것이 기적이지."

"뭔 소리야? 자살들 얼마나 많이 하는데, 우리가 몰라서 그렇지. OECD 국가 중에서 한국이 자살률 1위야. 그것도 단연 1위야."

"그래?"

"그러니 집 없는 사람들만 불쌍한 거야."

"우리 회사 상무 그 양반도 송파에 뭐 푸르지인지 푸르존지 그 아파트 75평에 산다는데 17년도에 30억이었다는데 지금은 60억이 넘는다고 자랑하고 자빠졌더라. 맨날 주둥이만 틀면 집값 오른다고 자랑하고 지랄이여. 얼굴도 제멋대로 생긴 게 말이야. 이게 말이 되니 75평짜리 아파트 하나에 60억이 넘다니. 미쳤지 않아? 집 없는 서민들은 그냥 뒤지라는 거야. 여기가 뉴욕 맨해튼도 아니고 말이야."

"무슨 소리, 맨해튼도 그 정도는 안 돼."

"하기야 강남 30평대 아파트도 32억 매물로 나왔다잖아."

"뭐, 30평이 32억에?"

"뉴스에 나왔잖아."

"하긴 강북도 20억이 넘는 아파트가 속속 튀어나오니⋯."

"뭐? 강북이 20억?"

"아주 나라가 미쳐 돌아가는구나."

"야, 난 그래서 요즘은 부동산 뉴스가 나오면 안 봐. 얼마 전까지만 해도 부동산 뉴스를 볼 때마다 울화통이 터졌는데, 이제는 정말 무서워서 못 보겠더라. 정말이야. 막 심장이 벌렁거리면서 막 두렵더라니까."

"야, 난 무서워서 못 보는 게 아니라 배가 아파서 보기 싫더라. 그래서 잘 안 봐."

"그래? 나도 그랬었어. 그런데 요즘은 난 그냥 봐. 비상사태도 길어지면 일상이 되어버리듯이 이놈의 부동산도 끝없이 올라가니 그냥 그러려니 일상이 되어버렸어. 오르든 지랄하든 나는 그냥 봐. 집도 그래. 그냥 포기하니까 마음은 편해지더라. 어차피 딴나라 이야기니까 말이야."

"야, 참 슬픈 현실이네."

"그런데 너무 걱정하지 마. 일본처럼 붕괴할 날도 머지않았어. 이제 막차 타는 사람들은 피 토하는 거지 뭐."

"제발 그런 날이 좀 빨리 왔으면 소원이 없겠다."

"화폐개혁을 해서라도 집값을 폭락시켜야 해."

"화폐개혁? 그런 소리도 심심찮게 들려."

"그래?"

"맞아. 화폐개혁이나 확 되었으면 좋겠다. 아파트로 돈 번 부자들 한 방에 확 날아가게."

"야, 야, 30억이고 나발이고 이번 전세금을 얼마나 올려 달라고 할지 나는 지금 그게 더 큰 걱정이다. 분명히 올려 달라고 할 텐데 말이야."

"시경아, 너 모아놓은 돈 좀 있어?"

"월급쟁이가 애 둘 키우면서 어떻게 돈을 모으니? 오죽하면 큰 애가 대학교 휴학을 했겠냐."

"그럼 전세금 올리면 어떡할 거야?"

"그러니까 대책도 없고 그냥 걱정만 하는 거지."

"이참에 집 하나 사 버려."

"야, 전세금 3억 가지고 어떻게 집을 사?"

"대출받아야지."

"참 답답한 친구네. 대출은 그냥 준대?"

"명준이 있잖아. 명준이한테 좀 빌려봐."

"명준이? 고등학교 동창 문명준?"

"그래, 맞아. 명준이가 무섭게 돈을 버는 모양이더라."

"뭐. 부자라는 소리는 들었는데, 도대체 어느 정도래?"

"지난번에 동창회 갔다가 이야기 좀 들었는데 걘마가 1년에 굴리는 돈이 1조래."

"뭐, 1조?"

"에이 씨…. 뻥도…. 1조가 말이 돼?"

"그렇다니까. 분명히 이야기 들었어. 알고 있는 애들 많더라고."

"아무리 그래도 그렇지. 어떻게 1조가 돼?"

"부동산에서 나오는 임대료가 어마어마하대. 강남에 상가 건물이 70채가 넘는대."

"뭐, 70채가 넘어? 아니, 그 정도야?"

"이건 토픽감인데. 우리 고등학교 졸업생 중에 그런 친구가 있었어?"

"야, 시경아 너도 명준이 알지?"

"응. 알지. 같은 반이었잖아. 그런데 친하게 지내진 않았어. 좀 까무잡잡한 애였어."

"근데 걔는 어떻게 그렇게 돈을 많이 벌었대?"

"명준이 아버지가 옛날 60년대부터 지금의 송파 쪽에서 농사를 지었대. 그때 논하고 밭이 엄청 많았던 모양이야. 뭐 그 당시 한일은행이라나 그 은행 지점장이 007가방 열 개에 200억을 담아서 찾아왔다고 하더라. 땅 팔라고…. 그 당시 70년대 초에…."

"에이, 그럼 게임 끝났네."

"그걸 그대로 물려받았지. 거기에다 외아들이고."

"그런데 걔가 비상하기는 비상했던 모양이야. 그때 같은 그 동네에 같이 살던 친구 중에 졸부가 된 친구들이 수두룩했대. 그런데 갑자기 그 돈을 주체를 못 하던 애들은 대부분 흥청망청 술집 여자들한테 다 뿌리고 지랄하다가 사기도 당하고 다 날리고 했지. 그런데 명준이는 강남이 조금씩 개발되고 있을 때 그 많은 땅을 팔아 무조건 상가 건물을 짓기 시작한 거야. 한두 개, 두세 개 재미를 보다가 나중엔 기하급수적으로 상가 건물이 늘어난 거지. 제일 큰 건물은 47층짜리도 있대.”

“뭐, 47층 건물도? 주식회사가 아니고?”

“온전히 자기 거래.”

“뭐? 야, 미쳤구나.”

“그런 세월이 30년이 됐으니 한번 생각해봐. 연 임대료가 1조가 안 되겠어?”

“야, 대단한 녀석이네.”

“대학교도 안 갔다며?”

“그렇지, 고등학교 졸업하고 바로 그 세계로 뛰어들었지. 아버지가 그때 돌아가시는 바람에 대학도 못 갔지. 뭐, 그래도 대학 갈 실력은 좀 됐지. 아마.”

“그렇구나.”

“시경아, 명준이한테 가봐. 전세금 1, 2억 빌리는 것은 누워서 떡 먹겠네.”

“미쳤니? 명준이가 왜 나한테 그런 돈을 빌려주냐? 안 본 지도 15년이 넘었는데….”

“혹시 아냐?”

“찬수야, 까불지 말고 너도 전세금이나 준비해라. 조만간에 내 짝 난다.”

“그래? 그러면 내가 명준이 한번 만나봐야겠네.”

"하하하."

"자자, 이제 집 이야기는 그만하자. 집값도 못 잡는 정부 욕이라도 실컷 했으니 이제 그런 영양가 없는 이야기는 그만 때려치우고 우리 살길이나 찾자."

"그래, 그래 술이나 마시자."

"그래, 오랜만에 만났으니 오늘은 술이나 퍼마시자. 실컷 퍼마시고 모처럼 한번 째려보자."

"그래, 그래. 오늘은 뒤지도록 한번 처마셔보자."

전세금 걱정 때문에 많은 생각에 잠겨있었던 시경도 오늘만큼은 취하고 싶었다. 그리고 모든 세상을 잊어버리고 싶었다.

"자, 친구들아. 위하여!"

"그래, 위하여!"


늦은 시간 술판이 끝나고 가로등 불빛이 비치는 골목길을 나오니 부슬비가 조금씩 내리고 있었다. 내리던 부슬비에 상가 건물 외벽들은 습한 잿빛으로 무겁게 얼룩져 있었다. 시경은 오늘따라 지금의 자신이 불확실한 세상으로 뛰어들고 있는 것이 아닌가 하는 불길한 예감이 자꾸만 들었다.

# 2장

시경은 지난밤 과음한 탓에 일찍 일어나지 못해, 오전 10시가 훨씬 넘어서야 겨우 일어날 수가 있었다. 머리가 깨질 듯이 아프고 심한 갈증을 느끼며 일어난 그는 냉장고에서 차가운 생수병을 하나 끄집어내어 벌컥벌컥 들이켰다. 양손으로 헝클어진 머리카락을 몇 번이고 쓸어 올리며 인상을 찡그리던 시경은 집안을 다시 한번 휙 둘러보았다. 적막했다. 아내도, 딸 채린이도 보이지 않았다. 토요일이라 모두가 밖으로 나간 것 같았다. 식탁 위에 차려진 밥상을 본 시경은 별 관심이 없었다. 술 마신 다음 날 늘 습관처럼 먹던 컵라면을 하나 끄집어냈다. 창밖에는 긴 장마로 인해 새벽부터 쏟아지던 빗줄기는 반나절이 다 되어서도 멈출 기미가 보이지 않았다. 아예 물줄기로 변해버린 굵다란 장대비가 바람까지 거세게 불면서 아파트 창문을 사납게 몰아붙이고 있었다. 시경의 마음도 괜스레 울적했다. 그때 아내 예진이로부터 전화가 걸려왔다.

"여보, 문제가 터졌어요."
"왜?"
"지금 막 집 주인한테서 연락이 왔어요."
"전세금?"
"예."
"기어코 터졌구나."
가파르게 집값이 상승하던 요 몇 달 전부터 불안한 마음으로 살아가고 있었던 시경은 아내가 집주인으로부터 연락을 받았다는 말에 바로 직감을 했다.

"얼마를?"

"3억을 더 올려 달래요."

"뭐, 3억을?"

"그것도 현금으로요."

"뭐, 현금으로? 아니, 미쳤구나. 지금 전세가 3억인데 3억을 더 올려 달라니. 미쳐도 단단히 미쳤구나."

"결국, 터질 게 터졌지. 뭐."

"사정 이야기를 좀 잘 해보지 그랬어."

"했죠. 하면 뭘 해요. 전국적으로 전세가 상승세를 타면서…. 뭐, 실제 매매가도 엄청나게 올라갔다고 절대로 안 된다는 거예요."

"아무리 그래도 그렇지. 어떻게 3억을 한꺼번에 올린단 말이야. 그게 말이 되냐?"

"아휴, 내가 못 살아."

"아무리 그래도 그건 아니지. 그리고 먹고 죽어도 그 돈이 어디 있어?"

"6억 전세가 부담스러우면 1억에 월세 170도 괜찮다나."

"뭐? 1억에 170?"

"어떤 아파트는 30억짜리 아파트가 석 달 만에 35억이 된 아파트도 있다면서 전세금 3억을 올리는 것은 착한 주인이라나. 나 원 참, 기가 막혀 말이 안 나오더라고요."

"지금 어디야? 일단 들어와서 이야기하자고."

"알았어요. 어휴 진짜 내가 미쳐요, 미쳐."

사실 예진은 요즘 고민이 이만저만이 아니었다. 전세 재계약 날짜가 다가오면서 집주인이 전셋값을 시세대로 올려 받겠다고 몇 달 전부터 운을 띄워놓았기 때문이었다. 특히 요즘은 전세 물량이 턱없이 부족해서 '부르는 게 값'이라는 소문이 나돌면서 예진의 불안감은 더욱 커지고 있었다. '전세 계약 때마다 전셋값이 오르는 데 신경 쓰고 스트레스를 받아야 하는 이것이 집 없는 설움인가'라는 생각이 하루 종일 머리에서 떠나질 않았다. 전화를 끊은 시경도 쉽게 마음을 진정시킬 수가 없었다. 불안한 마음을 억누르려 베란다로 나가 담배를 한 대 피워 물었다. 그리곤 세차게 담배 연기를 내뿜었다. 하지만 조금씩 불안해지기 시작하는 마음은 좀처럼 가라앉지 않았다. 바람에 흩어지던 연기를 바라보던 시경은 또다시 4년 전 일이 떠올랐다.

"어떡해? 살 거죠? 나는 정말 이 집을 꼭 사고 싶단 말이에요."

"……."

"우리 전세금 다 빼고 대출 7천 정도만 받으면 돼요. 우리가 조금만 더 고생만 하면 내 집 장만이 되잖아요. 그 정도는 할 수 있잖아요."

"……."

여전히 시경은 아무런 대답이 없다.

"아니, 정 대출 갚기가 힘들면 당분간 친정집에 있으면서 우리가 산 집을 전세로 놓으면 되잖아요. 여보, 길은 얼마든지 있어요. 어떡하든지 이번에 내 집 장만을 해야 해요. 정말 생사가 달린 문제예요."

"그게 문제가 아니라…."

"아니. 그럼 뭐가 문제예요? 여보, 이렇게 무리해서 안 하면 영영 기회를 못 잡을지도 몰라요. 진호 씨도 무리하게 집을 사서 지금은 대출도 거의 다 갚았고 지금은 안정적인 집을 하나 장만했잖아요."

"거긴 강남이잖아."

"아니, 내가 강남은 바라지도 않아요. 그러니까 강북이라도 빨리 사야죠. 성북구 쪽이면 당신 직장도 그리 멀지 않고 얼마나 적당해요."

"지금 우리 형편에 무리가 되니까 그렇지…."

"어쨌든 지금 이 정도 집값이 안정되었을 때 일단 집을 사놓으면 언젠가는 오르니까. 나는 이참에 꼭 내 집 하나 살 거예요. 그리고 이제 이사 가는 것도 정말 지긋지긋해요. 그놈의 전세, 전세! 이제 정말 지겨워요. 내가 젊은 나이도 아니고 나도 내일모레면 벌써 50이란 말이에요. 애들도 훌쩍 커버렸고…. 그리고 이제는 집값 뉴스만 나올 때마다 가슴이 벌렁거려서 부동산 뉴스는 꼴도 보기 싫어요."

"알아. 나도 아는데. 지금 집값이 더 내려갈 수도 있다는데 대출까지 받아 지금 사서 나중에 더 떨어지면 그땐 어떡할 거야? 그때는 더 쪽박 차. 뭐 그리고 대출도 누가 거저 줘? 대출이 얼마나 무서운 건지 알아? 일단 지금은 안 돼. 조금만 더 두고 보자고."

"아니, 조금만 조금만 더 두고 보자고 한지가 벌써 얼마나 됐어요? 그사이 집값은 올라갈지 모르는데 무슨 아직도 조금만 조금만이에요. 난 절대로 반대예요. 이번만큼은 절대로 양보 못 해요."

"휴—우…."


정말이지 예진은 이참에 꼭 집을 하나 장만을 하고 싶었다. 하지만 시경은 지금 정부의 시책도 그렇고, 많은 사람이 당분간은 부동산 시세가 하락세를 이어갈 것이라는 전망 속에 당분간은 전세로 있으면서 좀 더 가격이 내려가면 그때 집을 사자는 것이었다. 그런데 새 정권이 들어서면서부터 무섭게 올라가는 집값에 그야말로 속수무책으로 당하는 중이었다. 그때부터 치가 떨리는 나날을 보내고 있었다. 결국, 전세를 고집하던 시경에게 3억이라는 전세금을 더 올려 달라는 역경이 닥쳐온 것이다. 그때 아내의 말을 듣지 않고 고집 피웠던 일만 생각하면 정말 너무나 분하고 억울해서 소주를 마실 때마다 소주를 질겅질겅 씹어 먹어도 분이 풀리지 않았다. 그야말로 아파트 한 채를 입안에 쑤셔 넣고 씹는 기분이었다.

"내가 미쳤지. 미쳐도 단단히 미쳤지. 왜 그때 내가 아내 말을 듣지 않고 똥고집을 피웠는지 정말 내가 미친놈이었지."

그때만 생각하면 앞으로도 평생 아내에게 얼굴을 들 수가 없을 것 같다.

"젠장 아파트가 뭐길래…."

또다시 허무함과 함께 밀려오는 우울한 마음이 시경을 한없이 초라하게 만들고 있었다.


"엄마, 나 지금 막 원서 접수하고 나왔어."

정신없이 집으로 오던 예진에게 딸 채린이로부터 메시지가 왔다. 그렇게도 원하고 바라왔던 연세 대학교 생명공학과에 수시모집 원서를 제출했다는 것이었다.

"그래? 우리 딸 수고했어."

"엄마, 그리고 아빠한테는 절대로 연대 원서 냈다는 이야기 하면 안 돼."

"그래. 일단 알았어."

"어쨌든, 지금은 절대로 아니야 엄마."

"그래. 알았어."

"땡큐, 엄마. 참 그리고 엄마. 오늘 원서 같이 낸 송화랑 지혜랑 저녁 먹고 좀 늦게 들어갈게. 엄마, 사랑해."

"그래. 알았어. 너무 늦지 말고…. 엄마도 우리 딸 사랑해."

중학교 때부터 그렇게도 가고 싶어 했던 대학에 수시모집 원서를 넣은 딸 채린이가 대견스러웠다. 하지만 생각보다 기분이 썩 상쾌하지만은 않았다. 그녀의 머릿속엔 온통 전세금이 자리를 잡고 있었기 때문이었다. 괜히 짜증이 나고 과거에 한 번 겪었던 우울증이 도지는 것 같았다. 급히 집에 돌아온 예진은 재킷을 벗어 식탁 위에 집어 던진 후 소파에 털썩 주저앉았다. 만사가 귀찮았다. 습관적으로 텔레비전을 켜자 텔레비전에서는 『대한민국은 지금 어디로 가고 있는가?』라는 다큐멘터리 프로가 시리즈로 방영되고 있었다. 그야말로 홍콩을 능가하는 수많은 고층 아파트들이 화면을 가득 차지했다. 흡사 대한민국이 아파트 공화국 같았다. 예진은 옆에 있던 담요를 얼른 뒤집어쓰고 누워버렸다. 오늘따라 담요가 무겁게 느껴져 왔다.

# 3장

"여보, 나하고 얘기 좀 해요."

"어? 왜?"

"여기 앉아 봐요. 할 얘기가 있어요."

오늘따라 아내의 차분하면서도 단호한 말투에 시경은 괜히 움찔했다.

"어떻게 할 거예요?"

"전세금…?"

"전세금도 그렇고. 당신이 보증 서준 돈 말이에요."

"보증?"

아내의 보증이라는 말에 화들짝 놀란 시경은

"좀 찾아올 수 없어요?"

남편이 무리해서 집을 사지 말고 당분간은 전세를 살자고 했을 때부터 예진은 적극적으로 집을 사야 한다고 밀어붙였다. 그것도 벌써 두 번째, 그것은 3년 전 일이었다. 그러나 그때도 다니는 회사가 어려워 언제 직장을 그만둬야 할지도 몰라 불안하기도 했고, 새로 바뀐 정부의 대책으로 집값이 안정세를 누릴 것이라는 이유로 남편은 완강하게 반대를 했었다. 물론 아내도 남편의 심정을 모르는 것은 아니었다. 남편의 회사가 어렵고, 여러모로 대출까지 받아 당장 집을 산다는 것이 어려울 수도 있다는 생각을 전혀 하지 않은 것은 아니었다. 특히 불안한 회사의 직장생활이 어떻게 될지 몰라 애쓰고 힘들어하는 남편의 사정을 그 누구보다 잘 이해하고 있는 터였다. 그러나 정말 서운한 것은 아내에게 단 한마디도 하지 않고 직장 동료에게 보증을 서준 것이었다. 물론 아내에게 말 한마디 없었던 것도 서운했지만 더 중요한 것은 아내의 의사를 존중해주지 않은 것에 대한 섭섭함이 더 컸던 것이었다. 결혼하고 20년을 같이 살면서 아파트 한 채 장만해 보려고 먹고 싶은 것도 마음대로 못 먹고 입고 싶은 것도 제대로 못 입으며 고생고생하면서 살아온 자신의 마음을 전혀 이해해 주지 않는 데에 대한 속상함이 더 컸다.

"사실 나는 당신이 동료에게 보증을 서준 것에 대한 그런 인간적인 배려보다 그 돈이 더 중요해요. 그 돈 5천에다가 전세금 합치고 2~3천만 더 빌리면 작은 아파트 한 채는 충분히 살 수 있는 돈이었단 말이에요."

가만히 듣고만 있던 시경은 처음으로 입을 열었다.

"그건 나도 알아."

"알면 뭐 하냐고요? 돈이 다 날아갔는데."

"휴우ㅡ."

깊은 한숨을 길게 내뿜던 시경은 끝까지 자신의 감정을 무너뜨리지 않기 위해 애를 쓰고 있었다. 그러나 자신의 행동에 대한 후회와 쓰라린 감정이 밀려오는 것은 어쩔 수 없었다. '앞으로 어떻게 해야 할까?'라는 것보다 이제는 자신의 능력으로는 작은 아파트 한 채도 살 수 없다는 사실이 더 마음 아팠다. 어스름이 내리는 창문을 통해 밖을 보니 짙은 회색으로 변한 하늘에서 내리는 굵은 빗줄기가 금방 그칠 것 같지 않았다. 거친 빗줄기가 자신의 아픈 마음을 깨끗이 씻어주면 좋겠다는 생각이 문득 들었다.

그때 아내의 입에서 뜬금없는 소리가 들려 왔다.

"당신, 그 사람한테 보증 서준 돈 다시 받아와요. 아니면 고소를 하든지…."

"지금에 와서 어떻게 그 돈을 받아. 그 사람도 사업이 망했는데…."

"일단 내용증명이라도 보내 보잔 말이에요."

"아니, 이제 와서 내용증명 보내자는 왜 말이 나와? 이제 그만해. 나도 속 터져."

"왜 당신은 맨날 바보 같은 짓만 해요? 가족들에게나 바보 같은 짓을 해야지, 왜 허구한 날 남한테 바보 같은 짓을 하냐고요. 그 결과가 뭐에요? 결국, 우리 가족들만 피해를 보잖아요."

"아니, 언제 내가 허구한 날 남한테 바보짓을 했어? 그때 딱 한 번이었지."

"진호네가 아파트 살 때도 돈 빌려줬잖아요."

"그 돈은 받았잖아."

"당장 돈이 필요할 때는 못 받고 집도 못 사게 되었을 때 받으면 뭐 해요? 그것도 푼돈으로…. 그 사람은 이미 강남에 아파트를 샀는데…."

"어휴. 그만해."

"그러니까 당신이 허구한 날 남한테 바보 같은 짓만 한다는 거예요."

"바보 같은 짓? 짓? 아니, 지금 그걸 남편에게 할 말이야? 짓이 뭐야?"

"속이 터지니까 그렇지요."

순간 예진은 자기도 모르게 한 말에 조금은 당황스러웠다. 그러나 여기서 밀리면 안 된다는 생각이 순간 들었다. 아니, 이참에 그동안 남편에게 서운했던 모든 감정을 다 쏟아 버리고 싶다는 생각이 들었다."

"뭐, 틀린 말은 아니잖아요?"

"아니, 아무리 속이 터져도 그렇지 어떻게 당신 입에서 바보짓이라는 소리가 그렇게 쉽게 나와? 그것도 두 번씩이나. 그때 상황은 어쩔 수 없었잖아."

"그러니까 사정해서 반만이라도 좀 찾아오라고요?"

"어휴, 이 사람이 정말. 당신 정말 왜 그래? 도대체 언제까지 우려먹을 거야. 이제 제발 좀 그만해."

시경은 자신도 모르게 큰소리를 질러 버렸다.

"왜 자꾸 소리를 질러요?"

"뭐야?"

"당신이 지금 그렇게 소리를 지를 처지예요? 당신 때문에 집 살 기회를 놓쳐서 20년 동안의 모든 삶이 물거품이 되어 버렸는데 그렇게 큰소리나 칠 입장이에요?"

"입장? 내 입장이 어때서? 내가 보증 한번 잘못 섰다. 그게 뭐가 그리 큰 죄야? 왜 걸핏하면 당신 입장, 당신 입장 그러는 거야?"

"왜 또 자꾸 소리 지르고 화를 내요? 지금 화를 낼 사람은 나란 말이에요. 지금 속이 터지고 미칠 사람은 바로 나라고요. 뭘 알기나 해요? 그리고 보증 서서 돈을 날렸다면 그게 죄지 뭐예요? 지금 우리 집 형편에…."

남편의 큰소리에 예진도 화가 치밀어 올라 결국, 자신의 격한 감정을 이기지 못하고 알아들을 수도 없는 말을 마구 퍼부어 대기 시작했다. 순간 시경은 몹시 당황스러웠다."

"아니, 이 사람이 오늘따라 왜 이래?"

"그래요. 당신이 보증 잘못 서서 돈 날린 것까지도 어떻게든 이해할 수 있어요. 아니 이해 못 하지만 그래도 억지로 이해하며 살아왔어요. 앞으로도 그렇게 살 수 있고요. 아니, 그렇게 살아야 하고요. 그렇지만 그 큰돈을 다 날리고도 당신은 나에 대한 배려가 없어요. 그게 나를 더 화나게 한단 말이에요."

단단히 화가 난 예진의 눈에는 어느새 한가득 눈물이 고였다.

"그건 나도 미안하게 생각한다고 했잖아."

"그래요. 당신이 나에게 배려가 없는 것도 이해할 수 있어요. 당신은 언제나 중요한 순간에는 늘 그렇게 해왔으니까. 하지만 우유부단한 성격에 이리

저리 돈이나 빌려주는 그 알량한 성격 때문에 더 화가 난단 말이에요.”

예상치 못했던 아내의 거센 반발에 갑자기 주눅이 든 시경은 자신감 없는 표정에 연방 눈만 끔뻑거리고 있었다. 그런 남편을 보는 순간 예진은 갑자기 화가 더 치밀어 올라왔다.

“우리가 지금 집 한 칸 장만 못 하는지 우리 가족들의 입장을 한 번쯤은 생각을 해봐야지, 아직도 꿈에서 헤어나지 못하고 있으니 더 속이 터진단 말이에요. 애들은 이렇게 컸는데…….”

“알아.”

“알긴 뭘 안단 말이에요.”

“채린이가 연대 수시모집에 원서를 낸 것도 알아요?”

“뭐, 연대 원서를?”

“그래요. 냈어요. 채린이가 당분간 절대로 말하지 말라고 했는데 지금 그게 중요한 게 아니잖아요. 어차피 당신도 알아야 하니까요.”

“아니, 내가 그 학교에는 내지 말라고 그렇게 당부했는데 채린이는 왜 그래?”

“애가 얼마나 속상해하는지 알아요? 다른 아이들은 가고 싶어도 실력이 안 돼서 그 좋은 대학교에 못 간다는데 왜 못 보내 준단 말이에요? 대한민국에 당신 같은 부모가 어디 있어요.”

“아니, 등록금이 너무 비싸다고 내가 몇 번을 말했어. 우리 형편에 사립 대학은 힘들다고 내가 그렇게 말했잖아. 그것도 공대잖아.”

“아니, 딸 바보라는 아빠가 지금 그게 할 말이에요? 좋은 대학에 가고 싶은 아이를 위해서라면 빚을 내어서라도 보내 주겠다고 말하는 것이 아버지의 도리지, 어떻게 비싼 등록금 때문에 가지 말라고 할 수 있어요? 도대체 이게 말이나 되는 소리예요? 그러면 보증이나 서질 말든지…’”

"……?"

시경은 거액의 보증 때문에 경제적으로 어려워, 딸 채린이가 원하는 대학교에 보내지 못하는 것에 대한 미안함이 항상 마음에 걸렸다.

"아니, 당신이 보증만 안 썼어도 채린이 4년 치 등록금은 한꺼번에 다 해결되고도 남잖아요."

"그래, 그건 나도 많이 후회하고 있어. 이제 그 이야기는 그만해."

"내가 솔직하게 말해볼까요? 당신 보증 서준 게 아니라, 회사 동료와 같이 몰래 주식에 투자한 것 아녜요?"

"뭐, 주식? 당신 지금 무슨 소리 하는 거야?"

심장이 쿵 하고 내려앉은 시경은 화들짝 놀라면서도 오히려 거센 반응을 보였다.

"당신 미쳤어? 갑자기 주식이라니?"

"찬수네와 진호네 와이프로부터 이야기 다 들었어요. 내가 모른 척하고 있었던 것뿐이라고요…. 당신 자존심이 상할까 봐 지금까지 모른 척했던 것뿐이라고요."

"……?"

"회사가 어려워지면서 언제 잘릴지 모르니까 주식을 한번 해보자고 그 직장 동료 몇 명이 저지른 사건 아니에요?"

모든 사실을 다 알고 있었다는 아내의 말에 시경은 갑자기 온몸이 얼어붙어 버렸다. 이 이상 변명을 했다가는 오히려 일이 더 꼬일 것 같은 생각이 들자 시경은 더 말을 이어 나가지 못했다.

"회사가 어렵다며 늘 불안해했던 당신과 몇몇 동료들이 회사에서 당하고 있는 상실감이나 좌절감을 주식으로 한방에 상쇄해 보려고 무리하게 투자한 거잖아요? 아니었어요?"

깊은 한숨을 몰아쉬던 시경은 모든 걸 체념한 듯 여전히 아무런 말을 하지 못했다.

"……"

"그래놓고 딸에게 등록금이 비싸다고 사립대학에 가지 말라는 그 상황을 알면 채린이가 얼마나 실망을 하겠어요."

"후우……. 그래, 나도 답답해서 미치겠어. 그놈의 주식과 전세금 때문에 심장이 터질 것 같아."

"나는 이미 터진 심장 갖고 살고 있어요. 알기나 해요?"

"……"

"내 친구들이 그때 5억 주고 샀던 아파트가 지금은 9억, 10억이 됐단 말이에요. 당신이 잘난 척하면서 고민하는 사이에 걔네는 그냥 앉아서 5억을 벌었어요. 5억을. 그런데 우리는 뭐야. 도대체 이게 뭐냔 말이에요."

"요즘 내 기분이 어떤지 알아요? 거지가 된 것 같아요. 거지. 하루아침에 벼락 거지가 된 기분이라고요."

생각보다 거센 아내의 원망스러운 말투에 시경은 못내 당황스러웠다. 아내의 격앙된 말을 애써 멋쩍은 웃음을 지으며 희석해보려 했지만 그럴수록 자신이 더 비참해지고 있다는 생각이 들었다. 그동안 살아오면서 사소한 일로 가끔 티격태격 말다툼할 때는 있었지만 오늘만큼 화난 아내의 얼굴을 대하기는 처음이었다. 그야말로 남편에 대한 원망이 하늘을 찌르는 듯했다. 그래도 시경은 미안한 마음에 끝까지 참기로 마음을 굳게 먹고 자신의 잘못으로 모든 걸 마무리하려고 했다.

"미안해. 그리고 알았으니까 이제 그만하자."

"지금 미안하다고 해결될 문제가 아니니까 그렇잖아요."

또다시 다그치는 아내의 말에 화가 난 시경은 자기도 모르게 큰소리치고 말았다.

"그럼 나더러 어쩌라는 거야? 무조건 닦달한다고 그 돈이 나와?"

"닦달이 아니라 지금이라도 내 말 좀 들어달라고요. 그렇게 집을 사자고 할 때는 고집을 부리더니 지금 전세금 때문에 내 집 마련이 산산조각이 나버렸는데 이제라도 내가 좀 하자는 대로 하잔 말이에요. 당신한테 시집와서 젊은 시절 다 보내고, 채린이 대학교 보내야 하는데 등록금 타령이나 하고, 아직도 내 집 한 칸 마련도 못 하고 집값이랑 전셋값은 천정부지로 올라버렸고, 또다시 원점에서 시작해야 한다고 생각하니 너무너무 힘들고 속이 터진단 말이에요. 아니, 원점보다 백배 천배 더 못하잖아요. 그때는 그래도 젊음이 있었고, 그나마 조금씩 돈 모아가는 재미라도 있었고, 알뜰히 모으면 집 살 가능성이라도 있었지. 지금은 이게 뭐예요. 젊음이고 희망이고 돈이고 다 잃어버렸잖아요. 게다가 전세금은 3억이나 더 올려 달라고 저러는데…. 어떡하라는 거예요."

평소와는 전혀 다른 모습으로, 사정없이 몰아붙이는 아내의 칼날 같은 말은 시경의 가슴을 마구 찔렀다. 남편으로서 지금까지 인정받고 살아온 세월마저 송두리째 무시당하는 것 같았다. 하지만 시경으로서는 더 해줄 말이 없었다.

"그래, 미안해. 이제 그만하자."

"뭐가 미안한데요?"

"다 미안해."

"뭐가 다 미안한데요?"

"에이, 왜 그래? 전부 다 미안하다고 했잖아"

"뭐가 다 미안하냐고요? 구체적으로 말을 하고 미안하다고 해야. 그냥 두루뭉술 미안하다고 하면 얼마나 더 화가 나는지 알아요?"

"아이, 씨… 정말! 이 이상 어떻게 이야기하라고? 당신 오늘 미쳤어?"

갑자기 또 화가 치밀어 오르던 시경은 자신도 모르게 큰 소리로 '미쳤어?'라는 말을 해버린 것이다.

"뭐요? 미쳤냐고요? 아니 당신이 어떻게 그런 말을 해요? 멀쩡한 아내보고 미쳤다니요? 그래요. 나 미쳤어요. 아니, 미치고 싶어요. 아니야, 미쳤으면 좋겠어요."

"그럼 미치든 말든 맘대로 해. 그렇게도 꼴 보기 싫은 남편 없어지면 되잖아. 나도 지금 너무너무 힘들어서 죽고 싶어. 이렇게 힘들어하는 남편에게 하고 싶은 말 다 하고 마음 좀 편해지겠다는 당신의 이기적인 심보에 내가 먼저 미쳐버리겠어."

"왜 그런 식으로 받아들여요? 그럼 나는 이 정도 말도 못 해요? 겨우 나 편해지려고 이러는 줄 알아요?"

"그러니까 너무 그런 식으로 말하지 말란 말이야. 나를 얼마나 더 시궁창으로 처넣어야 당신 마음이 편해지겠어? 나도 이젠 마음껏 숨쉬기조차 힘들어. 아니, 계속 이런 식으로 몰아붙이면 당신 때문에 숨 쉬면서 살아갈 수가 없어."

"왜 그렇게 비약적으로 말해요?"

"비약? 그래, 말 한번 잘했다. 그러는 너는? 미안하다고 하면 됐잖아. 여기서 그만 끝내야지 계속 물고 늘어지고 따지면서 남편의 자존심을 갈기갈기 깔아뭉개는 건 비약이 아니고 뭐냔 말이야!"

시경은 이성을 잃어버린 사람처럼 고함을 지르기 시작했다. 자신의 인격까지 무시하는 아내의 거침없는 말에 머리끝까지 화가 치밀어 올랐다. 그러나 예진의 마음도 순식간에 남편에 대한 불신과 억울함 그리고 미운 감정으로 가득 차버렸다. 그야말로 분위기는 악화일로였다. 가장으로서 대우를 받으려고 한 것은 아니었지만 남편으로서 너무 비참하게 내몰리고 있다는 생각이 들자 시경은 자신도 모르게 고함을 지르며 소파를 박차고 벌떡 일어났다. 자신의 감정과 분을 이기지 못하던 시경은 돌발적으로 들고 있던 리모컨을 소파 바닥을 향해 확 던져버렸다.

"아악!"

그때였다. 아파트 문을 열고 채린이가 들어왔다.

"엄마, 나 왔어."

그런데 문을 여는 순간 엄마 아빠의 싸우는 목소리를 들은 채린은 두 사람을 향해 질문을 던졌다.

"엄마 왜 그래? 아빠랑 싸웠어?"

동시에 소파를 박차고 일어나던 시경은 채린을 보며 대충 둘러대기 시작했다.

"어…? 아냐, 아냐. 그냥 전셋값이 하도 개떡같이 오르니까 성질이 나서 아빠가 고함을 한번 질렀지."

"그래? 엄마도 화났어?"

"으응…. 아빠가 오늘 회사에서 맨 부동산 이야기만 하다가 화가 많이 났나 봐."

잠시 침묵의 시간이 흘렀다. 거실에서는 아름다운 클래식 음악이 흘러나오고 있었다. 시경이 좋아하는 헨델의 천지창조였다. 그러나 침묵 속에 흘러나오는 아름다운 선율은 그들의 가슴속까지 파고들지는 못했다. 허공으로 맴돌다가 곧바로 흩어져버렸다. 순식간에 무거운 공기가 압박하기 시작하며 숨죽여 토해 내는 한숨 소리만 들려왔다. 시경은 밖으로 나가기 위해 얼른 옷을 주섬주섬 꺼내 입었다. 힘없이 걸어가는 아빠의 뒷모습을 예진과 채린은 물끄러미 바라볼 수밖에 없었다.

# 4장

잠시 비가 그친 거리에는 수많은 사람이 지나가고 있었다. 주말 저녁이라 그런지 한꺼번에 거리로 쏟아져 나온 사람들의 물결, 그리고 수많은 상점이 늘어선 거리가 더없이 활기차 보였다. 형형색색의 불빛과 야경이 화려하고 멋있었지만, 시경의 마음은 더욱더 차갑게 움츠러들었다. 시경은 집 한 칸도 장만 못 하는 자신의 무능함을 인정하고 싶지는 않았다. 그러나 자신의 무능함은 이미 삶의 중심에서 자신을 지배하고 있었다. 한참을 걷던 시경은 갑자기 방향 감각을 잃어버린 놀란 사슴처럼 어디로 가야 할지 몰라 한동안 멍하니 서 있었다. 아내와 한바탕 큰소리를 치고 홧김에 나와 보니 딱히 갈 만한 곳도 없었다. 하지만 처음부터 목적지가 있었던 것처럼 무조건 열심히 걸었다. 꽤 오랫동안 걸었지만, 들어가서 앉을 만한 공간은 쉽게 나타나지 않았다. 무작정 걸어가던 시경은 다리도 아프고 허기도 채울 겸 조금은 허름해 보이는 식당으로 들어갔다. 술이라도 한잔하면서 천천히 생각들을 정리하고 싶었다.

"어서 오세요."

식당 안을 한번 휙 둘러본 시경은 맨 구석 자리를 찾아 앉았다. 초저녁이라 그런지 손님은 두 테이블밖에 없고 썰렁하기만 했다. 한쪽 테이블에는 회사원으로 보이는 40대의 남자 손님들과 또 다른 테이블에는 50대로 보이는 아줌마들이 희희낙락 소주와 맥주를 주거니 받거니 하며 앉아 있었다. 시경도 소주 생각이 났다.

"아주머니, 여기 순댓국하고 소주 한 병 주세요."

50대 아줌마들로부터 쏟아져 나오는 시끄러운 소리가 시경의 마음을 더욱더 우울하게 만들고 있었다. 그러나 소주 몇 잔을 마시고 나자 금방 사람들의 목소리에 익숙해지기 시작했다. 그들의 시끄러운 소리에서 쏟아져 나오는 말들이 자신의 서글픈 심정을 대변해주는 것 같아서였다.


"이번에 경미네 집값 좀 올랐다고 좋다고 촐랑대며 집 판 거 알지?"

"7억이나 시세차익 생겼다며?"

"7억 찍으면 뭐해. 양도세 왕창 내고, 기분 좋다고 여기저기 지르고, 주식 좀 하다가 다시 집 사려고 하니 똑같은 아파트가 3억이나 또 더 올랐다더라."

"그래서? 샀대?"

"어떻게 사?"

"까불다가 다시 더 작은 아파트로 갔지."

"야, 대한민국 부동산 무섭다. 뒤돌아서면 천정부지로 뛰니. 이거 무서워서 집을 팔겠어?"

"그럼! 함부로 팔았다가 아작나지. 그냥 죽은 듯이 가만히 있어야 해."

"그러니 집 가지고 있는 사람들도 불안해서 집을 안 내놓지. 그러니 집값은 더 뛰고."

"맞아. 이럴 때 누가 집을 함부로 내놓겠어."

"하기야, 갖고 있으면 대가리 꼭대기까지 올라가는데 누가 집을 팔겠어."

"아, 그래도 경미가 부럽다. 그런 아파트라도 하나 있잖아. 우린 언제 서울에 내 집 하나 가질 수 있겠어. 너나 나나 모조리 전세 신세니…."

"엿 같은 세상이야. 대한민국도 하루빨리 일본처럼 부동산이 붕괴하는 날이 빨리 와야 해. 그래야 우리 같은 서민들도 집 하나 장만하지."

"강남에 있는 30평짜리 아파트 하나만 있으면 소원이 없겠다."

"언제? 어느 세월에?"

"야, 이년아! 그냥 그런 아파트 가지고 있는 홀아비 하나 물어. 그게 훨씬 빨라…."

"하하하, 그건 맞는 말이야. 하하하."

시경도 그녀들의 대화를 들으면서 픽하고 웃음이 터져 나왔다. 그녀들의 웃음 속에 숱한 세월의 상처가 묻어 있다는 걸 느꼈기 때문이었다. 하지만 한편으로는 어둡고 두려운 부동산 세계의 모습이 확 다가왔다. 시경은 왼쪽 검지로 안경테 가운데를 쓱 밀어 올리며 오른손으로 소주를 따랐다. 그리곤 단숨에 잔을 들이켰다.

'그래, 맞아. 엿 같은 세상이야! 엿 같은 세상 맞아. 대한민국 부동산은 분명히 미쳤어. 열심히 살면서 아등바등 집 한 칸을 마련하겠다는 서민들을 너무나 무참히 짓밟고 있어.'

다시 소주를 쭈욱 들이키던 시경은 홀로 생각했다.

'그래, 내가 미쳤지. 미쳐도 단단히 미쳤지. 왜 아내가 집을 사자고 했을 때 사지 않았을까. 그것도 두 번씩이나 말이야. 젠장….'

대역 죄인이 따로 없었다. 집값이 이렇게 미친 듯이 뛸 줄은 상상도 하지 못했던 시경은 소주와 함께 삭히지 못한 울분을 토해 내기 시작했다. 평생 가족의 행복을 위해 열심히 살아왔지만, 하루아침에 무능력한 가장이 되어 버린 자신이 한없이 미웠다. 그러나 앞으로 어떻게 될지 정말 한 치 앞도 알 수 없다는 것이 더 큰 걱정으로 다가왔다. 가게에 손님이 별로 없어서인지 주인 아주머니가 식당 창가에 널려 있는 화분의 나무들을 손질하며 가위로 작은 가지를 싹둑싹둑 자르고 있었다.

'그래, 우리의 인생도 저렇게 잘라 버리고 다시 피어날 수 있다면 얼마나 좋을까.'

열심히 나뭇가지를 자르고 있는 아주머니를 보던 시경은 하나둘씩 비워지는 머릿속이 조금은 차분해지는 것 같았다. 하지만 술기운에 서서히 취기가 오르자 시경은 더 취하고 싶었다. 빨리 취해서 자신의 머릿속을 어지럽게 하는 모든 생각을 모조리 다 지워버리고 싶었다. 집에 들어가기도 그렇고 딱히 갈 곳도 없는 시경은 그냥 이 시간이 영원히 멈추었으면 좋겠다는 생각이 들었다. 그야말로 지금은 오직 술만이 시경의 마음을 위로해주었다. 이만큼 세상을 살았지만 앞으로 어떻게 살아가야 할지 도무지 감이 잡히지 않았다. 무언가 열심히 하고 싶다는 열망은 있지만 모든 것이 마음대로 되지 않았다. 자신감마저 점점 사라지는 것 같았다. 갑자기 미래에 대한 불안함과 두려운 마음이 서서히 들기 시작했다.

# 5장

'요즘 이곳 용인 집값도 엄청나게 많이 올랐습니다. 옛날의 용인이 아닙니다. 서울 턱밑까지 올랐다고 보시면 됩니다.'

'요즘 성남 집값이 천정부지로 올랐습니다. 6개월 전의 성남이라고 생각하시면 큰 오산입니다.'

'예, 전혀 모르고 온 건 아닙니다만.'

'에이, 3억으로는 수원에 아파트 구경도 못 합니다. 수도권에 그런 아파트가 어디 있습니까. 뭐, 빌라라면 몰라도….'

어제만 해도 그랬다. 발품을 팔아 용인, 수원, 성남, 남양주 심지어 평택까지 내려갔었다. 하루 왕복 네 시간의 출퇴근을 각오하고 평택까지 내려가는 것도 생각해 보았지만 정말 쉽지가 않았다. 자신이 가지고 있는 전세금 3억으로 수도권에 갈 수 있는 아파트는 아예 없었다. 시경은 대출 포함 3억을 더 빌리는 것이 부담스러워 혹시나 해서 이곳 수도권 지역으로 내려와 봤지만, 수도권 역시 만만한 곳은 단 한 군데도 없었다. 여러 부동산 중개인을 만나고 난 후 정신적으로 많이 지쳐있던 시경은 갑자기 분노 같은 감정이 확 밀려왔다. 순간 억울한 생각이 들면서 입에서는 자신도 모르게 참을 수 없는 감정이 폭발하며 평소의 그답지 않게 욕이 터져 나오기 시작했다. 그런데 이상했다. 아무리 욕을 해도 분이 풀리지 않았다. 당장 집으로 들어갈 것도 아니었지만 시경은 서둘러 서울로 올라왔다.

서울에 도착하니 어느덧 날은 어두워지고 있었다. 머릿속은 조금도 정리가 되지 않고 점점 무거워졌다. 앞으로 어떻게 해야 할지, 전셋값을 어떻게 마련해야 할지 아무리 생각해 보아도 별 뾰쪽한 생각이 나지 않았다. 거리에는 여전히 많은 사람이 바쁘게 오가고 있었다. 그래도 집값이 이렇게 폭등하기 전까지는 전세에 대한 마음고생은 하지 않는데 이제는 전세에도 내밀리면서 집 하나에 목숨을 걸어야 하는 현실이 참담하기만 했다. 수많은 사람이 빠르게 오고 가는 발걸음처럼 거대한 회색 도시의 정글 속에서 분초를 다투며 정신없이 바쁘게 살아야만, 나도 그들 속에 들어갈 수 있겠다는 생각이 들자 더는 이렇게 살아갈 자신이 없을 것 같은 나약한 마음만 들기 시작했다. 그동안 남들처럼 발 빠르게 집을 사지 못한 후회와 뭔가 첫 단추부터 잘못 끼워진 것 같은 자신의 삶이 아무래도 실패한 인생 같았다. 그제 밤에 그 술집에서 그렇게도 울었는데도 또다시 눈물이 터질 것 같았다. 갑자기 목이 메며 문득 아내의 얼굴이 떠올랐다.

'왜 내가 아내에게 큰소리쳤을까? 분명히 내가 잘못했는데 왜 내가 아내의 마음을 아프게 했을까?'

또다시 한없는 후회가 밀려왔다.


"저희 같은 사람들도 미국으로 이민할 수 있는지 궁금해서 왔습니다."

"아 그러시군요."

"혹시 미국에 아시는 분이 계신가요? 직계 가족이라던가."

"아뇨, 전혀 없습니다."

"아, 그렇다면 가족 초청은 안 되겠군요."

"네."

"뭐, 기술 자격증 같은 것 있으신가요? 요리사 자격증이나, 용접이나, 기계 설비나 뭐라도?"

"전혀 없는데요."

"그렇다면 선생님 같은 경우에는 투자 이민으로 미국에 들어가시는 것밖

42

에 없겠네요.”

“투자 이민요?”

“네, 투자 이민.”

한국에서 살기가 너무 힘들다며 그리고 자녀들의 교육비가 너무 많이 든다고 몇 년 전에 미국으로 이민을 떠났던 직장 동료 민 팀장이 며칠 전부터 자꾸만 생각이 났다.

밤새 한잠도 못 잤던 시경은 미국에서 조금씩 자리를 잡아가며 마음 편하게 살아가고 있다는 민 팀장 생각에 혹시나 하는 마음에 이민컨설팅 회사를 무작정 찾아왔던 시경은 투자 이민이라는 가능성에 귀가 번뜩 뜨였다.

“투자 이민이 정확하게 어떻게 되는 겁니까?”

“네, 말 그대로 투자를 통해 영주권을 받는 방법입니다. 물론 이것은 돈이 좀 있어야 합니다. 미국에서 사업체를 운영하며 영주권을 받는 방법으로 최소한 90만 달러(10억)에서 180만 달러(20억)는 있어야 합니다. 그래야 일반 투자 이민 비자를 신청할 수가 있습니다.”

“예? 10억에서 20억요.”

“네.”

시경은 내심 당황스러웠다. 하지만 그 정도의 돈이야 얼마든지 있다는 표정을 지을 수밖에 없었다. 그 표정을 읽은 직원은 더 열심히 이것저것 설명하기 시작했다.

“그러니까 아주 쉽게 말씀드리면 미국 일반 투자 이민은 외국인 개인 투자자가 미화 90만 달러에서 180만 달러 이상을 투자하여 미국에 사업체를 설립하거나 아니면 기존 사업체를 인수하여 본인이 경영권을 가지고 직접 사업체를 운영하는 것입니다. 그리고 10명 이상의 풀타임 직원(미국 영주권자 또는 시민권자)을 고용해야 합니다. 그런 후 계속 사업을 하면서 아무런 문제가 없으면 2년쯤 후에 영주권이 나옵니다. 그리고 한국 사람들이 운영하는 비즈니스를 사서 운영하셔도 됩니다."

"아, 네. 그러면 최소한 90만 불은 있어야 하는군요."

"아닙니다. 최소한 50만 불이 있어도 가능한 것도 있습니다."

"예? 그건 또 뭡니까?"

"네, 이것은 지역별로 따라 50만 달러(6억)만 투자하면 직접 사업을 하지 않고도, 해당 지역에 거주하지 않고도 영주권을 취득하는 '리저널 센터'라는 투자 이민도 있습니다. 리저널 센터라고 하는 것이 좀 복잡하지만, 자세히 설명해 드리자면…."

"아, 네. 됐습니다. 저는 그것보다는 일반 투자 이민에 더 관심이 가네요."

"아, 그래요."

"일단 제가 아내와 함께 한번 와서 자세한 설명을 좀 들었으면 합니다."

"네, 그렇게 하세요. 언제든지 오셔서 크리스티나 장을 찾아주시면 상세하게 잘 안내해 드리겠습니다."

"네, 감사합니다. 다시 오겠습니다."

자리에서 일어서려던 시경은 약간의 현기증이 일어났다. 머리가 핑 돌면서 순간적으로 토하고 싶을 정도의 고통스러움과 함께 찾아온 몸에 강한 이상이 느껴져 왔다. 근처 카페에 들어가 한참 동안 휴식을 취한 후에야 시경은 겨우 운전대를 잡을 수가 있었다.

# 6장

지친 시경은 집에 들어와 소파에 앉자마자 먼저 TV부터 켰다. 늘 그렇듯이 요즘은 끝도 보이지 않는 집값 폭등이 화두라 시경은 경제 채널과 국회 TV를 자주 볼 수밖에 없었다. 오늘도 국회 TV 운영위원회에서 어김없이 부동산에 관한 설전이 벌어지고 있었다.

**국민의 힘** "대통령 비서실장은 왜 서민들이 이렇게까지 빚을 내면서까지 집을 사려고 한다고 생각하십니까?"

**비서실장** "제 생각엔 집값 인상에 대한 기대 때문에 영끌해서라도 집을 산다고 생각합니다."

**국민의 힘** "아니, 이렇게 국민을 전혀 모른다니까요. 이것 보세요. 30~40대는 직장도 다녀야 하는데, 지금 아이들을 데리고 이사하는 것에 매우 지쳐 있습니다. 그래서 빚을 내서라도 집을 사는 게 더 합리적이라 그렇게 하는 것입니다. 좀 제대로 알기나 하세요."

**비서실장** "……."

**국민의 힘** "국민을 그런 식으로 부정적으로 보니 정책이 이렇게밖에 안 나오는 것 아녜요? 대한민국의 부동산 현실을 좀 제대로 좀 파악하라고요."

날카롭게 몰아붙였다.

**국민의 힘** "노 실장은 지난번에도 운영위원회에서 국민 대다수가 지금의 부동산 정책을 지지한다고 말씀하셨는데 너무 현실을 외면하는 것 아닙니까? 제가 다시 한번 더 묻겠습니다. 지금 부동산 정책이 효과를 내고 있다는 대통령 말씀에 동의하십니까?”

비서실장 “네, 그렇습니다. 지금 서울 강남의 경우 4주째 가격이 오르지 않고 있습니다.”

국민의 힘 “하, 참! 정말 답답하시네. 아니 그것은 폭등하던 상승세가 아주 잠시 주춤한 것뿐이잖아요. 가격을 낮추는 것이 정책 목표가 되어야지, 잠시 안정화되는 걸 정책목표가 되어서는 안 되지요. 그건 여전히 비정상적이지요.”

비서실장 “노력하고 있습니다.”

국민의 힘 “실장님, 지금 주택담보대출이 얼마나 되는지 아십니까?”

우물쭈물 답하지 못하던 비서실장은 대통령 정책실장에게 얼른 답을 넘겼다.

국회에서 설전이 벌어지고 있는 장면을 열심히 보던 시경은 역시 실망감을 감추지 못하며 얼른 채널을 돌려버렸다.


SBS 뉴스입니다.

부동산 정책이 문재인 정부의 치명적 약점으로 떠올랐습니다. 최근 정부의 6·17 대책 발표 이후 부동산 가격이 오히려 상승한 것이 상징적으로 보여주고 있습니다. 이제는 정부가 불신을 받는 정도가 아니라 조롱당하고 있다고 해도 할 말이 없을 정도로 부동산 정책이 대실패로 돌아가고 있습니다. 다급해진 정부는 부랴부랴 보완 대책을 발표하기로 했습니다. 종부세율은 현재의 두 배가량인 6%까지 올리고 다주택자 세금도 대폭 올려, 실수요자 지원을 확대하는 내용입니다. 그러나 정부의 부동산 대책은 24전 24패가 될 것 같습니다. 부동산 대책만으로는 집값 안정이 어렵다는 암울한 논평만 여기저기서 터져 나오고 있습니다. 즉, 아파트 등 주택 공급 구조와 시중 유동성 등을 고려한 실효성 있는 종합 대책을 제시하지 않는 이상 대안이 없을 것이라고 경실련도 내다보고 있습니다. 그러니까 공기업 땅장사를 중단하고 저렴한 공공주택 공급 확대 방안을 제시하라는 것입니다. 그리고 재벌과 대기업 등 법인의 토지, 일반 건축물(빌딩) 등 종부세부터 강화해야 한다는 것이 전문가들의 의견입니다.

한국경제 TV 뉴스입니다.

신도림역 사거리에 나가 있는 이준호 기자와 연결해 보겠습니다.

어제도 어김없이 부동산 대책 발표가 있었는데요. 지금 시민들의 반응이 어떤지 좀 전해 주시죠.

**인터뷰** 이철원 서울시 구로구

"이제는 집값과 전·월세 폭등은 코로나보다 더 무섭습니다."

**인터뷰** 유원하 경기도 광명시

"아, 저는 부동산 정책 탓에 우리 아들이 일찌감치 결혼을 포기했습니다. 집 한 칸도 없는 사람에게 누가 시집을 오겠습니까?"

**인터뷰** 김삼영 경기도 의정부시

"서민을 위한 부동산 정책이라고 하더니 오히려 서민이 갈 곳을 없게 만든 정책이던데요?"

**인터뷰** 최진수 서울시 영등포구

"부동산 정책이라는 것 자체가 서민을 위한 정책인데 자산 양극화를 만드는 것 같습니다. 내년에는 더 심하면 심했지 안정되지 않을 것 같아요."

"서민 입장에서 보면 너무 엉망인 것 같습니다. 제가 부동산을 한 지 17년이 됐는데, 이렇게 심한 규제는 처음 봤습니다. 이렇게 해서는 부동산이 살아날 길이 없어요."

**인터뷰** 장재현 리얼투데이 리서치 본부장

"문제는 시간인데, 장기간 걸리는 계획들이기 때문에 지금 당장 어떤 문제를 해결하기에는 어려움이 있습니다. 대출 등 자금 부담을 낮춰주는 게 가장 빨리 수습하는 방법입니다."

특히 그동안 '공급은 충분하다'고 외쳐온 정부가 갑자기 공급 확대에 열을 올리고, 그마저도 실효성이 떨어진다는 지적도 나옵니다.

**인터뷰** 심교언 건국대 부동산학과 교수

"보통 어떤 지역에 큰 충격을 주려면 서울 같은 경우는 1만 호 정도가 한 지역에 나와야 상당 기간 안정세를 보입니다. 중장기에 걸쳐서 나온다면 시장 영향은 제한적으로 봅니다."

당정에서 연이어 나온 실언성 발언은 가뜩이나 성난 부동산 민심을 더욱 부채질하고 있습니다. 문재인 정부는 '집값 잡기' 전쟁을 선포하고 투기 세력을 쫓아내 누구나 집 걱정 없이 살게 하겠다고 자신했습니다. 하지만 집값과 전셋값은 천정부지로 치솟았고 징벌적 성격의 세금까지 가해지면서 전 국민이 '부동산 우울증'에 빠질 위기에 놓인 게 현실입니다. 지금까지 한국경제TV 이준호 기자였습니다.

소파 테이블에 앉아 라면을 맛있게 먹던 시경은 다시금 국회 TV로 채널을 돌렸다.

**국민의 힘** "아니, 그래서 하루에 일억씩 오른다고 하잖아요. 부동산 대란이 일어나고 있는 이 와중에 김중보 의원께서 유감스럽게도 자료를 비밀로 입수한 것을 공식 보도 자료를 발표해서 이렇게 나라 전체가 국민한테 실망과 절망을 주고 있습니다. 그래서 수억, 수십억의 집값이 오르지 않았나요?"

**민주당** "지금 무슨 말을 하는 거예요? 의사 진행 발언을 하세요."

**국민의 힘** "발언하고 있잖아요."

**민주당** "그게 무슨 의사 진행 발언이에요?"

**국민의 힘** "시끄러워요. 들으세요. 좀 들어보세요."

**국토위원장** "자자, 좀 조용히들 하시고요. 이춘재 의원님 말씀 계속하시고요."

"야, 마이크 꺼."

"시끄러워 인마."

"뭐야? 누가 인마라고 했어?"

"그래서 당신은 뭐야?"

고성이 여기저기서 터져 마구 나오고 있었다.

**국토위원장** "아, 좀 조용히 하시라니까요. 이러시면 정회합니다."

논란의 의사진행 발언 이유는 바로 서울 외곽 지대와 수도권 신규택지 개발 후보지를 미리 공개한 민주당 김중보 의원 때문이었다. 예상보다 엄청난 큰 논란이 일자 그가 국토교통위원회 위원에서 사임을 했지만 보수당은 공무상 비밀누설 혐의로 김중보 의원을 검찰에 고발했고 국토 위 전체회의에 관련 사건을 현안 질의하기로 여당과 합의했지만, 질의 순서와 자료

유출 관련자 출석 문제를 놓고 다툼이 시작되었던 것이다.

**국민의 힘** "경우에 따라서는 예정된 택지 지구를 전면 수정해야 합니다. 이렇게 중요한 사안을 그냥 놔두고 가자고요? 아니, 정신들 있어요? 이런 식으로 해서 어떻게 대한민국의 집값이 안정이 될 수 있단 말입니까?"

**민주당** "여보세요. 국민의 힘에서 이미 실제로 김중보 의원을 공무상 비밀 누설죄로 검찰에 고발하지 않았습니까? 그러면 검찰의 조사를 지켜보면 될 것이지 뭐 하는 짓입니까? 여기서는 그냥 법안을 심사하는 날이기 때문에 이것에 대한 것만 심도 있게 논의해 주시는 게 좋을 것 같고요."

**민주당 간사** "여러분들과 이야기할 기회는 앞으로도 충분히 있다고 생각하고요. 위원장님께서는 간사들 간의 합의에 맞게 회의를 진행해 주시는 게 좋겠습니다."

**국민의 힘** "아니. 무슨 개떡 같은 소리를 하는 거요? 당연히 현안질의가 끝난 다음에 법안상정을 하는 것이 저는 맞다고 봅니다. 그리고 저는 그렇게 합의해 준 적이 없습니다."

**민주당** "우리가 잘했다고 소리치는 게 아니잖아."

갑자기 민주당 의원이 큰소리를 질렀다. 잘못한 사람이 오히려 큰소리를 치는 격이었다.

**국민의 힘** "아니, 더 크게 고함질러 보세요."

**국토위원장** "아아, 조용히들 하세요. 일단 들어봅시다. 위원장이 발언할 때 그렇게 소리 지르고 나서면 어떡합니까? 자꾸만 문제 제기를 하고 날뛰면 의사 진행을 할 수가 없습니다."

결국엔 20여 분만에 회의는 정회가 되고 법안 147건은 상정조차도 못하고 부동산 대책 질의는 파행되고 말았다. 회의장을 나가는 순간까지 서로를 향해 고함을 지르며 삿대질하는 광경은 그야말로 정쟁 무법천지를 방불케 하고 있었다.

"아이고, 한심하다. 한심해."

맛있게 라면을 먹다가 소리를 지르며 퇴장하는 국회의원들의 얼굴을 바라 보던 시경은 얼른 TV를 꺼버렸다. 리모컨을 소파 테이블에 툭 던진 시경은 배가 더 고파 왔다.

"에이고, 저 꼬라지 보는 시간에 국물에 밥이라도 한 그릇 더 말아먹는 게 낫겠다. 한심한 인간들…. 집값은 지들이 다 처올려놓고 지들끼리 싸워…. 우리 집 전세가 얼마나 올랐는지 니들이 알아? 이 문디 인간들아…."

# 7장

나뭇잎에 맺힌 빗방울이 햇살을 받으며 보석처럼 빛나는 눈부신 금요일 오후. 벚나무 잎 사이로 화려하게 펼쳐진 연둣빛은 더욱더 짙어지고 있었다. 여름내 닫혀 있던 가슴에 마음의 문이 열리며 싱그러운 가을 기운을 한껏 느낄 수 있는 상쾌한 오후의 시간이었다. 하지만 시경의 마음은 그다지 상쾌하지가 않았다. 지금 시경은 고등학교 동창이며 부동산 갑부라고 소문난 명준이의 '한성개발'이라는 회사 앞에서 한 시간 째 들어가지 못하고 서성이고 있었다. 당장 해결해야 전세 문제로 이런저런 고민에 빠져있던 시경은 지난번에 찬수와 진호와 함께 술을 마시면서 들었던 명준이 이야기가 갑자기 생각났기 때문이었다.

사실은 명준이까지 찾아올 마음은 눈곱만큼도 없었다. 그런데 어젯밤만 해도 시경은 혼자서 밤늦게까지 술을 마시며 자신을 한없이 학대했다. 자신에 대한 미운 감정과 아내에 대한 미안함, 그리고 딸 채린에 대한 미안함이 뒤범벅되어 스스로를 원망하고 다짐했던 터라 더 창피하고 부끄러운 것은 문제가 되지 않았다. 자존심을 내세울 때가 아니었다. 전세금을 마련해야 하는 시경에게 지금은 과거가 아닌 현재일 뿐이었다. 그런데 막상 와보니 선뜻 들어가기가 정말 쉽지가 않았다. 거기에다 오랫동안 보지 못했던 명준이가 못 알아본다면 어떻게 할지 그것도 상당히 부담스러웠다. 학교에 다닐 때도 특별히 가깝게 지냈던 친구는 아니었고 그저 그냥 알고 지냈던 사이 정도였다. 가슴이 터질 것 같이 콩닥콩닥 뛰었지만 결국 시경은 이를 악물고 한 치의 망설임도 없이 사무실 문을 열고 들어갔다. 20대 후반으로 보이는 여자 비서 한 명이 책상에 앉아 열심히 컴퓨터 모니터를 보고 있었다. 생각보다 사무실 안이 상당히 넓었다. 흡사 대기업 비서실의 분위기 같았다.


"저…….'

"어떻게 오셨습니까?"

"아 네, 문명준 사장님 좀 뵈러 왔는데요."

"실례지만 누구신가요?"

"아, 친구인데요. 고등학교 동창."

"약속은 하셨나요?"

"아뇨, 그런 건 아니고요."

"그러면 곤란한데요. 회장님은 약속 없이 방문하시는 분은 만나지 않습니다."

"아, 고등학교 친구인데 일이 좀 있어 찾아왔는데…. 좀 만날 수 없을까요?"

"아, 죄송합니다. 일단 약속이 안 되신 분은 안 됩니다. 회장님께서 만나 주시지도 않고요. 아는 분이라고 찾아오시는 사람들이 워낙 많아서 저의 비서실에서는 지시대로 움직이고 있습니다."

"아, 그렇군요. 그렇다면 제가 문 사장님과 전화 통화를 한번 하면 안 될까요?"

"사장님이 아니고 회장님이십니다."

"아, 그렇군요. 회장님."

"통화라도…?"

"그건 안 됩니다. 지금 회장님은 자리에도 안 계시고요."

"그럼 어떻게 해야 합니까?"

"여기에 성함하고 전화번호 남겨 주시면 저희가 연락을 드리는 분에 한해서만 약속 시간을 잡을 수가 있습니다."

"아, 그렇군요."

어쩔 수 없이 시경은 자신의 이름과 함께 연락처 그리고 고등학교 동창이라는 것과 혹시 기억을 못 할까 3학년 7반, 같은 반이었다는 것까지 상세하게 적은 후 비서실에 남길 수밖에 없었다.

"그럼 사장님은…. 아, 참! 회장님은 언제쯤 들어오시나요?"

"회장님은 회사에 들어오시기 30분 전에 운전기사 분께서 알려옵니다. 정확한 시간은 저희도 알 수가 없습니다."

"아, 그렇군요."

시경은 더 얘기해봤자 시간 낭비라는 생각이 들었다. 꼭 연락을 달라는 말을 다시 한번 더 비서에게 남기고 서둘러 사무실을 빠져나왔다. 일단 근처 커피숍에서 기다려 보기로 했다. 은은한 커피 향 내음이 코끝을 진동했다. 주말 오후라 그런지 카페에는 손님들이 꽤 많았다. 여기저기 젊은 연인들이 어우러지는 모습들이 참 예뻐 보였다. 젊음 그 자체가 역시 아름다웠다. 모처럼 생각하는 시간도 좀 가질 겸, 구석에 앉아 한, 두 시간 정도 마냥 기다려 보기로 했다. 자리에 앉자마자 그것도 긴장이라고 피곤이 확 밀려왔다. 그러나 오랜만에 가져보는 여유의 시간이 잠시나마 시경을 행복하게 했다. 따뜻한 커피를 한 모금 마시던 시경은 '아, 높은 자의 세계가 이런 것이구나. 그래서 사람들이 권력을 탐하고, 부자가 되려고 하는구나.'라고 생각했다.

그리고 얼마의 시간이 흘렀을까. 그때 갑자기 전화가 왔다. 한성개발이었다. 깜짝 놀란 시경은 얼른 전화를 받았다.

"여보세요."

"여기 한성개발인데요. 아까 오셨던 장시경 씨죠?"

"네, 맞습니다."

"회장님께서 좀 전에 오셨고요. 지금 회사로 바로 들어오실 수 있느냐고 말씀하셨습니다."

"네…? 바로요…? 아, 네 알겠습니다."

너무 뜻밖에 빨리 오라는 말에 시경은 어안이 벙벙하면서도 한편으론 이게 뭐지?라는 생각이 들었다.


"야. 이게 누구냐? 시경이잖아?"

"그래, 명준아. 나 시경이다."

명준은 자신의 자리에서 얼른 일어나 시경에게 악수를 청하며 두 손을 잡았다. 시경도 반가움에 명준의 손을 두 손으로 꽉 잡았다. 잠시 서로의 얼굴을 유심히 바라보더니 이내 둘 다 동시에 웃음이 터져 나왔다.

"야, 너 진짜 시경이 맞네."

"그래, 너도 정말 명준이 맞네. 이야, 옛날 얼굴 살아 있네."

"그래?"

"반갑다."

"그래, 정말 반갑다."

일어서서 계속 손을 잡고 흔들던 명준은 시경의 손을 끌어당기며 얼른 자리에 앉혔다.

"그래, 여기 앉아라."

명준도 고급스럽게 보이는 푹신한 소파에 여유 있게 앉으며 시경에게 물었다.

"그런데 이게 얼마 만이지?"

"한 15년은 됐지."

"그래, 40주년 개교 기념 총 동창회 때 봤으니 한 15년은 됐지."

"그렇네. 벌써 15년이나 됐구나."

"참, 세월 빠르지."

"이야, 이제 너도 중년 태가 좀 나네?"

"그럼. 애들도 이제 다 컸잖아. 아들은 경찰대학 다니고 딸애는 올해 세무대학 들어간다…."

"그렇지. 우리가 벌써 그 나이가 됐지. 근데 넌 나를 잊지 않고 어떻게 기억하니? 나는 네가 나를 외면할지도 모른다고 생각했는데."

"무슨 소리, 같은 반이었는데 왜 기억을 못 해. 그리고 내가 널 더 기억하는 것은 네가 항상 등수에서 내 앞에서 알짱거렸잖아."

"그래?"

"그래서 널 별로 좋아하지는 않았어. 하하하."

"하하…. 그런 일이 있었구나."

시경은 실로 15년 만에 만난 옛 동창을 만났다는 기쁨도 있었지만 그렇게 갑부라고 소문난 명준이가 자신을 알아 봐주고 마음을 터놓고 대화할 수 있는 자리에 자신이 함께 있다는 것 하나만으로도 갑자기 꿈을 꾸는 듯 행복했다. 요즘 집 문제 때문에 지독한 스트레스를 받고 있던 시경으로서는 잠시나마 모든 외로움이 다 사라지는 것 같았다.


"그런데 네가 여기는 갑자기 웬일이야?"

"어. 하도 네가 잘나간다고 소문이 나서 얼굴 한번 봐야지, 늘 생각하고 있었는데 그냥 지나가다가 시간이 좀 돼서 한번 들러봤다."

"야, 인마. 내가 그냥 지나가다가 들르면 만나 주는 사람이냐?"

"아, 아냐. 그런 게 아니고…. 널 만나기가 쉽지 않잖아. 부동산 거물인데…."

"거물은 무슨…. 그냥 부동산 쪼끔 하는 거지 뭐…."

"아니, 동창들 소문에 부동산 임대로 굴리는 매출이 1년에 1조라는 이야기가 있던데…."

"뭐, 그 정도까지는 아니고…. 그냥 좀 하는 정도지 뭐. 1조는 무슨…. 건마들 다 뻥치는 거야."

고급스러운 사무실 실내와 아주 잘 어울리는 검붉은 색 가죽 소파에 엉덩이만 살짝 걸쳐 앉은 시경은 모든 것들이 고급스러운 인테리어의 회장실을 보고 별천지에 온 것 같은 황홀함 마저 느꼈다.

"이야, 사무실이 어마어마하구나."

"에이, 그냥 그렇지 뭐. 그래, 그동안 어떻게 지냈냐?"

"뭐, 아직도 이 나이에 직장생활 열심히 하고 있지 뭐."

"그래. 그러면 됐지 뭐."

"집 하나 장만하는 게 왜 이렇게 힘드냐? 난 아직 집도 하나 장만 못 했어. 집 살 기회를 한두 번 놓쳤더니 아직도 전세야. 아내가 그렇게 무리해서라도 집을 사야 한다고 했을 때 샀어야 했는데 그걸 놓치고 나니 이제는 집값이 너무 올라 포기하게 됐어. 그래서 너한테 자문이라도 한번 받아 볼까 해서 들렀지."

"아, 그래. 그때 아내 말을 잘 들었어야지. 큰 실수를 하기는 했네. 요즘은 아내 말 잘 들어서 손해 보는 사람 하나도 없어."

"지금도 많이 후회하고 있지."

"대한민국 부동산 시장 무섭지. 아니, 무서운 정도가 아니라 대한민국 부동산은 전쟁이라고 생각하면 돼."

"그런데 왜 이렇게 갈수록 집 한 칸 장만하기가 더 어렵냐?

"어쩔 수 없지. 한마디로 말하면 무능한 정권 때문이지. 뭐 그렇다고 지난번 정권이라고 특별히 나은 것도 없지만…. 그래도 이 정도까지는 아니었지. 물론 지금의 정부가 집값을 진정시키려고 노력은 하지. 얼마나 노력은 하겠어. 노력 안 하는 정부가 어디 있겠어. 그런데…"

"그런데?"

"문제는 고위 공직자들이야. 나는 그렇게 생각해."

"고위 공직자?"

"물론 지금 대한민국이 집값을 못 잡는 이유가 여러 가지가 있지만 제일 첫번째 문제는 무조건 고위 공직자야."

"그래, 그런 말이 많은 것은 사실이지."

"자, 봐. 지금 대한민국에는 너처럼 기회를 못 잡아서 집 한 칸 장만하지 못한 사람들 엄청나게 많잖아. 사실 얼마나 안타까운 일이야. 열심히 일하고 노력만 하면 내 집 한 칸 정도는 장만할 수 있는 게 살기 좋은 나란데, 뼈빠지게 일해도 내 집 장만이 꿈나라의 이야기라면 그건 솔직히 좋은 나라도 아니지만, 정부의 무능이지. 선진국들 봐. 미국이나 유럽에 가면 집값이 폭등하는 나라도 거의 없지만 누구나 열심히 살고 노력하면 내 집 한 칸은 어렵잖게 장만할 수 있어. 어떤 사람은 미국에 이민 가서 땡전 한 푼없이 시작해서 2~3년 만에 집사는 사람들 꽤 많아. 그래서 미국이 좋은 나라라는 거야. 물론 은행 대출을 받아서 사는 거지만. 이제는 대한민국처럼 집값이 비싸고 집 사기 어려운 나라는 이 지구상 어디에도 없어. 뭐 홍콩정도? 하지만 홍콩도 이제 완전히 한물갔어. 중국 놈들 때문에…."

"그렇지."

"시경아, 너 대한민국에 대통령의 고위 공직자가 얼마나 되는지 아니?"

"글쎄."

"우리나라에 대통령이 임명하는 고위 공직자만 1만 명이야. 그냥 공무원이 아니라, 고위 공직자만 1만 명이라는 거야."

"그래? 그렇게 많아?"

"그럼. 그러니까 그 1만 명의 고위 공직자들이 얼마나 많은 부동산을 가졌는지, 그동안 얼마나 많은 투기를 일삼아 왔는지 그것 밝히지 않는 이상 대한민국 부동산은 절대로 못 잡아. 무슨 말인지 알겠니?"

"응, 그럼 알지."

"그러니까 내 말은 고위 공직에서 일하려면 얼마만큼의 부동산을 가졌는지, 그들이 그동안 얼마나 투기를 많이 하고 있는지를 다 조사하고 난 후 고위 공직자로 임명해야 하는데 개뿔. 바로 그런 사람들이 고위 공직자가 되었으니, 정의로운 부동산 법을 어떻게 만들겠냐? 모조리 지들을 위한 부동산 정책 법을 만들 것 아냐."

"그렇지."

"쉽게 말해 고위층 다주택자들이 부동산 정책을 짜는데 집값이 잡힐 턱이 있겠느냐 말이다. 그건 불가능한 일이지. 한 마디로 썩은 거지. 물론 그들 중에는 정의롭게 살아가는 사람들도 있어. 하지만 그 정의로운 소수가 썩은 다수를 절대로 이길 수가 없다는 거야. 특히 대한민국은…."

"그럼. 못 이기지."

"시경아, 봐. 우리나라 고위 공직자들은 다 기득권층이잖아."

"그렇지."

"그 양반들 대부분 강남에 아파트를 소유하고 있어. 물론 아닌 사람들도 있지만 대부분 그래. 자, 그리고 자신의 이름으로 직접 소유하지 않더라도 부모나 자식들 혹은 형제, 자매들이 강남에 아파트를 가지고 있을 거란 말이야. 게다가 부동산 정책에 관여하는 사람들의 친인척 중에도 임대사업자들이 많을 거고. 그런데 그 사람들이 강남 아파트값을 실제로 떨어뜨리는 정책을 수립하겠어? 네가 강남에 집이 있는데 네 집값을 떨어뜨리는 정책을 네가 직접 만들겠냐고."

"글쎄, 쉽지 않지."

"그리고 설사, 그런 정책을 시도한다 하더라도 절대로 국회에서 입법되지가 않아. 왜 그렇겠어? 간단해. 국회의원들도 대부분 서울에 비싼 아파트를 가진 기득권층이기 때문이야. 그러니 서울의 아파트값은 절대로 떨어질 수가 없다는 것이 예수님의 진리보다 더 심오한 진리야."

"그렇겠네."

"그러니까 집값을 못 잡는 게 아니라 안 잡는 거야. 두고 보라고 이제 대한민국 부동산 문제는 노무현 정부 때처럼 문재인 정부의 뇌관으로 떠오를 거야. 이제 터질 때만 남았는데 이게 터지면 재집권은 날아가고 대한민국 부동산은 그냥 붕괴되는 거야. 나는 분명히 그렇게 봐."

"야, 큰일이네."

"시경아 이건 팩트야. 자, 그러니까 지금은 국민 대다수가 정부 고위층과 국회의원들을 기득권층이라고 생각하고 있어서 정부의 부동산 정책을 신뢰하지 않아. 이런 식으로는 영원히 아파트값이 해결되지 않아. 지금의 현실은 그래. 부동산 정책에 관해서 만큼은 정부가 콩으로 메주를 쑨다고 해도 믿지 못하는 지경까지 온 거야. 지난번에도 봐, 집값 때문에 온 국민의 비판이 쇄도하니까 부랴부랴 '한 채만 남기고 집을 파는' 촌극들이 여기저기서 벌어졌잖아. 결국, 강남 집만 남기고 매각하는 행태에 여론이 더 크게 폭발했잖아. 그런 사람들이 한두 사람이야? 그러니까 고위 공직자는 물론

이고 국회의원도 아예 1주택 이상인 사람에게는 승진 기회는 물론 공천 자체를 주지 말아야 해…."

"그럼."

"그러니까 내 얘기는 대한민국 집값은 당, 정, 청이 동시에 '이번에는 반드시 잡을 거'라고 말할 수 있을 때 잡히는 거야. 그런데 지금은 그런 믿음이 완전히 사라졌기 때문에 사람들은 어떻게 하겠어? 돈을 빌려서라도 집을 살 수밖에 없는 거야. 그러니 집값은 계속 올라가고…."

"당연하지."

"그러니 오죽했으면 경실련에서 다주택자 고위 공직자를 전수 조사해서 투기 의심 고위 공직자는 국토·부동산 업무에서 배제하라고 했겠냐. 다주택자 고위 공직자뿐만 아니라, 공직자들이 부동산 가격 상승의 불로소득과 특혜를 누리는 현실에서 절대로 서민을 위한 주택 정책을 제대로 추진을 할 수가 없는 거야. 뭐, 결과를 보면 딱 답이 나오잖아. 문재인 정부의 3년 동안 지속된 집값 폭등이 확실하게 증명하고 있잖아."

"아, 그리고 보니 계산이 딱 맞아떨어지네."

"그럼. 그리고 수많은 일반 다주택 소유자들도 마찬가지야. 그 사람들도 거주지 이외의 주택을 소유하면서 막대한 불로소득을 챙기고, 집값 상승을 부추기고 있어서 서민들은 시간이 갈수록 내 집 마련에 대한 꿈이 점점 더 멀어지고 있는 현실이 되는 거야."

"그렇겠지."

열심히 눈을 끔벅이던 시경은 명준의 말에 크게 공감하듯 연신 고개를 끄덕였다.

"아까도 말했지만, 지금은 옛날과 달라. 국민은 말과 행동이 다른 정치인을 절대로 믿어주지 않아. 그러니까 지금 정부가 집값을 못 잡는 이유가 여러 가지 많은 이유가 있지만 가장 근본적이고 가장 큰 문제가 바로 이거야.

그러니 부동산값은 폭등하고 정부와 여당에서 각종 대책을 아무리 마련해 보았자 그 정책을 비웃듯 폭등하는 집값에 무주택 서민들의 분노와 절망감은 그야말로 하늘을 찌를 수밖에 없는 거야. 결국, 전세 세입자는 월세 난민으로 떠돌고, 아파트 한 채 가진 중산층은 늘어난 세금에 집 뺏길까 걱정이 태산이고, 임대사업자는 무조건 투기꾼으로 몰리는 약탈 국가라는 분노가 팽배해져 있는 거야. 그리고 국토부는 24전 24패를 기록하고··· 그러니까 한마디로 말하면 집을 가지고 있으면 세금 폭탄 맞아야 하고, 집 없는 서민들은 집값 폭등으로 영원히 집을 살 수 없는 괴상망측한 나라가 되어가는 거지.”

“그렇지.”

“자, 그러니까 봐. 정부가 아무리 수많은 부동산 규제를 해도 여전히 주택 가격이 더 오를 것이라는 상승 기대감이 시장에 팽배해져 있고, 여기에다 새 임대차법 시행으로 전 월세 물량이 감소하면서 아주 자연스럽게 매매시장 가격을 끌어올리게 되는 거지. 한마디로 말하면 정부의 부동산 정책을 믿을 수 없다는 불신과 함께 많은 정치권과 고위 공직자들에 대한 배신감까지 겹치면서 대한민국의 민심은 아주 펄펄 끓을 수밖에 없는 거야.”

“그렇게 되는 거지.”

“그러니까 내 얘기는 그 원인을 끄집어내어 불로소득을 소멸시키지 않으면 이제는 집 하나 없는 서민들은 죽었다 깨어나도 내 집 장만을 할 수가 없어. 지금 봐봐. 직장에서 열심히 일하는 사람은 1년에 천만 원 저축하기도 힘든데 이미 집을 가진 자나, 동료 직원이 부동산 투기해서 3~4억씩 벌면, 심지어 어떤 사람들은 집값이 올라 10~30억씩 벌고 있으니 도대체 어떤 인간이 일할 맛이 나겠어? 결국, 직장도 망가지고 개인도 망가지고 사회 전체가 다 망가지는 거야. 한마디로 정말 정의롭지 못한 세상이 지금의 대한민국의 현실이야.”

"그래, 맞아. 정말 그건 맞아."

"그러니까 지금의 대한민국은 자산가격 상승이 근로소득 증가속도보다 훨씬 더 커지고 있어서 근로자들이 피땀 흘려 번 돈의 가치는 형편없이 낮아지면서 근로자들은 살고 싶은 의욕조차 다 사라져 버리는 거야."

"그렇지. 나도 요즘 정말 일할 맛이 안 나."

"그럼 너 같은 월급쟁이들이 제일 큰 타격을 입는 거야. 자, 그런데 문제는 앞으로도 계속해서 실물경제와 자산시장의 괴리가 엄청나게 더 커진다는 거야. 그게 가장 큰 문제야."

그야말로 시경은 명준의 열변에 연신 고개를 끄떡이며 빠져들고 있었다.

"그러니까 내 말은 지금이라도 정부는 시중에 풀린 유동성을 생산적인 부분으로 빨리 돌려야 해. 그래서 자산가격 상승이 아닌 근로소득 증가 쪽으로 바뀌는 정책을 펼쳐야 한다는 거야."

"당연하지."

"서울과 수도권 아파트 청약이 나왔다 하면 수백 대 1이야. 서울에서는 537대 1의 경쟁률을 기록한 아파트도 등장했어. 이게 말이 돼? 10억 로또로 평가되는 과천 지식정보타운 같은 곳은 1순위 청약에 47만 명이 몰렸다더라. 이런 나라가 세상에 어디 있니? 47만 명? 47만 명이면 잠실야구장 16개가 꽉 차는 관중이야. 그 숫자가 청약하러 몰렸다는 거야. 이게 상식적인 나라니? 인생 역전 로또가 돼버린 청약제도 이런 나라가 이 세상에 어디 있냐고? 서민을 위해 생긴 청약제도가 서민을 완전히 죽여 버리는 제도가 되어 버렸잖아."

"미친 거지."

"집값 잡는 것은 간단해. 수요에 따라 공급만 맞춰주면 돼. 그러면 집값은 안정되게 되어 있어. 당연히 전세도 잘 돌아가게 되어 있어. 그런데 지금 정부는 의도적으로 공급과 다주택자를 막아버리고 수요를 극대화 시켜 집값을 끌어올리려 세금 폭탄을 매기니까. 집값을 잡을 수가 없는 거지. 세금만으로 절대로 집값을 못 잡아."

"그렇지."

"아직도 서울에 재래식 화장실을 쓰는 판잣집이 엄청나게 많아. 이런 낙후된 곳에는 뉴타운을 만들어야 하는데 도시를 재생한답시고 안 하고 있어. 결국, 이념에 갇혀서 공급을 늘리지 않고 있는 거지. 지금은 공급을 늘려야만 '집 공급이 계속 늘어날 것'이라는 심리적 기대가 늘어나야 영끌 같은 수요가 안 생기는 거야. 단지 징벌적 과세로 집을 잡겠다는 것은 정말 말이 안 된다는 거야."

"당연하지."

"어차피 서울에서 일하며 살 사람은 서울을 빠져나가기가 쉽지 않아. 용산, 종로, 을지로 등 서울 구도심에 공급 폭탄이 이뤄지도록 도심 개발을 과감하게 해야 하는 거야. 나는 정말 그렇게 생각해. 부동산 시장이 안정된 도시들 어디든지 가봐. 대부분 공공주택의 비중이 적어도 평균 35%는 충분히 돼. 그런데 서울만 해도 10%도 채 안 돼. 서울이 그 정도니 어떻게 부동산 시장이 안정되겠어."

"그렇지."

"특별히 대한민국은 아파트가 구조적 실정인 나라야. 이게 무슨 말이야 하면, 대한민국은 무조건 아파트를 선호하는 나라다 이거야. 그렇다면 전 세계에서 아파트가 가장 많은 나라에 걸맞은 정책을 펼쳐야 하는데 그게 잘못되었다는 거야."

"그러면 주공아파트라도 더 많이 지으면 되잖아."

"물론 많이 지으면 당연히 좋지. 그런데 주공이라고 무조건 싼 게 아니야. 예를 들면 요즘은 분양가가 14억짜리가 수두룩해. 너, 대출을 받아서 갚는다면 얼마가 되는지 알아?"

"얼마나?"

"매달 400만 원씩 30년을 갚아야 해. 그것도 이자가 없다고 할 때. 그게 서민들이 가능하니? 물론 신혼부부에게는 특별 공급이라는 것이 있지만, 중년들 무주택자는 청약이 있어도 살길이 없어. 그만한 돈도 없지만, 확률도 무지하게 낮아. 그러니 분양가는 낮추고 공급은 많이 하는 수밖에 없다는 거야."

"그렇겠구나."

"지금 부동산 전문가들에게 물어봐 모두가 다 똑같은 대답을 하고 있어. 그러니까 정부가 아파트 시장 안정화 정책의 첫 번째 패러다임은 무조건 규제 중심에서 공급 중심으로 바꾸는 것만이 장기적으로 집값을 안정시킬 수 있는 가장 강력한 방법이야."

"그건 확실히 맞지."

"그러니 메뚜기처럼 전셋집을 옮겨 다니고 있는 서민들이 이구동성으로 요구하는 게 뭐냐? 집값을 잡든지, 아니면 서민을 위한 주택 공급을 늘리든지 방향성을 명확히 하라는 거잖아."

"바로 그거지."

"그런데 지금 정부 정책은 뭐냐? 이것도 저것도 아닌 포퓰리즘에 가까운 정치를 하고 있으니 분통을 터트리는 사람들이 얼마나 많으냐."

"당연하지."

"그러니까 양도소득세 같은 무거운 세금을 유보하고 다주택을 가진 사람들이 시장에 나올 수 있도록 퇴로를 마련하고, 뒤이어 재건축이나 재개발 등 정비사업에 대한 규제를 확 풀고, 공급을 확대하는 방식으로 과감하게 정책을 만들어 나가야 그나마 주택시장이 안정을 찾아갈 수 있다는 거야."

"그럼."

"시경아, 내가 장담하는데 집값은 당분간 계속해서 더 오를 거야. 아니, 천 정부지로 오를 거야. 자, 봐. 24년부터 25년까지 공급 부족 양상이 그대로 나타나게 되는 것은 뻔하잖아. 거기에다 시장 유동성이 맞물려 있으니 내년에도 부동산 시장은 꾸준하게 상승할 수밖에 없는 거야."

명준이의 해박한 부동산 지식에 연신 고개를 끄덕이던 시경은 나름대로 자신의 견해를 말했다.

"그러면 국토부 장관이 바뀌면 좀 낫겠네."

"그건 아니지, 아무리 장관이 바뀐다 해도 정부의 주택 정책이 하루아침에 바뀔 수가 없지. 왜냐면 정권 초기부터 주택 정책을 주도한 것은 국토부의 영향력보다 청와대의 힘이 훨씬 더 컸기 때문이야. 그러니까 규제 일변도의 부동산 정책 기조는 거의 그대로 유지 된다고 보면 맞아. 그러니 국토부 장관이 열 명이 바뀌어도 쉽지 않아… 몰라 정권이 바뀌면 좀 변화될지는 모르겠지만……."

"그런데 주택 정책을 청와대가 주도한다고?"

"그럼."

"난 그것도 몰랐네. 다 국토부가 하는 줄 알았네."

"어휴, 이런 순둥이."

"그러면 도대체 언제까지 오르는 건데?"

"자, 지금의 정부를 봐봐. 부동산 정책이 이 지경인데도 각종 규제를 계속해서 내놓고 있잖아. 그러면 당연히 건축이나 정비사업의 인허가를 줄일 수밖에 없지? 그렇게 되면 어떻게 되겠어?"

"……?"

"간단해. 주택 공급이 훨씬 더 급감하게 되는 거지. 그러니 결국 집값은 상승할 수밖에 없으며, 여기에서 전세 대란이 본격화되는 한국의 부동산을 쉽게 예상해 볼 수가 있는 거지. 그러니 지금이라도 집을 사는 것이 막차를 타는 게 아니라는 거지. 그러나 문제는 일본처럼 부동산이 붕괴하는 날도 반드시 온다는 거고 그리 멀지는 않다는 거야. 그러나 지금은 지금이야. 지금의 이 진보 정권이 계속 정권을 잡는 이상 집값은 더 오를 수밖에 없지. 그러니까 내 말은 정부 일을 한답시고 능력도 실력도 없는 위증자들을 먼저 싹 다 갈아엎어야 한다는 거야."

"아니, 근데 명준아. 내가 궁금한 게 하나 있는데 왜 진보가 정권을 잡으면 집값이 더 올라가는 거야?"

"너는 학교 다닐 때 공부는 나보다 조금 더 잘 한 것 같았는데 세상을 보는 눈은 완전 꽝이네."

"아, 사실 내가 이런 데는 좀 약하지."

"그러니까 우리나라 부동산이 제일 많이 올랐을 때가 언제니? 김대중과 노무현 정권, 그리고 지금의 문재인 정권 때잖아."

"그건 그렇지"

"아니, 그건 그렇지가 아니야. 확실한 팩트잖아. 온 국민이 다 아는 사실이잖아."

"그래서 왜 오른다는 거야?"

"이런 멍청이를 봤나. 진보 정권의 경제 정책 때문이지. 자, 봐. 시경아. 진보 정권의 큰 그림이 뭐냐? 서민과 약자를 위한 정책이잖아. 그러니까 당연히 진보 정권은 서민과 약자를 돕기 위해서는 재정지출을 늘리고 복지 정책을 크게 확대해야 하잖아. 물론 인도적으로 보면 가난한 사람을 위해 돈을 풀어서 지원해주고 도와준다는 것은 참 좋은 일이지. 하지만 이런 정책들을 실현하기 위해서는 뭐가 필요하니? '돈'이 필요하지. 그런데 그 돈이 어디서 나오냐? 정부의 지출을 증가시켜서 통화량을 증가하는 정책을 펴야 하잖아."

"당연하지."

"그러니까 결국 통화량의 증가가 인플레이션의 원인이 되며, 인플레이션이 오면서 돈의 가치는 확 떨어지게 되지. 그러니 가장 좋은 피난처가 뭐겠어? 바로 부동산이지. 당연히 부동산 가격이 상승할 수밖에 없는 거지. 그러니 이런 상황이 반복되면서 집을 가진 자와 가지지 못한 자의 자산 가치의 양극화 현상은 더욱더 벌어지게 되는 거야. 지금 대한민국이 이렇게 된 거야."

"확 이해가 되네."

"물론 이런 경우도 있어. 노무현 정권 때 행정 수도를 옮겨야 한다는 문제나, 낙후된 지방 도시 균형 발전을 위해서 지방에 혁신 도시와 기업 도시를 만들어야 한다고 토지 보상을 통해서 정부 지출을 엄청나게 늘렸지? 바로 이러한 것들이 강남이나 수도권 부동산 가격 상승에 엄청난 영향을 주었던 거야. 실제로 그때 강남이 어마어마하게 올랐잖아. 결국은 세금 지출이야. 세금이 많이 나가면 부동산 가치는 상승하는 거야."

"아, 그렇구나."

"그러니까 복지? 그거 다 세금에서 나오는 거야, 세금…. 막 퍼 준다고 좋아하면 안 돼. 큰일 나는 거야. 결국, 국민에게 세금 더 빼앗아 복지 정책 실현한답시고 막 퍼 주는 거야. 그러면 왜 그렇게 하느냐? 다음 선거 때 또 표를 얻어야 하니까. 그리고 또 왜냐? 나라마다 부자보다는 가난한 서민들이 더 많으니까 표 숫자에서는 훨씬 더 유리하니까 그렇게 하는 거야. 쉽게 이해가 되지?"

"으응, 맞아. 다 아는 내용 같은데 한 번 더 이해가 되네."

"뭐, 그러니까 반대로 말하면 그 나라의 보수당들은 당의 기본정책인 친(親)기업이나 시장경제에는 많은 관심을 가지지만 가난한 서민들에 대한 배려는 늘 우선순위에서 배제하는 경향이 있지. 그러니 서민들은 진보당을 더 지지할 수밖에 없는 거야.”

“아, 이게 진보와 보수의 차이구나.”

“그렇지. 큰 틀 안에서는 그렇게 봐도 무방하지. 그러니까 시경아, 경제의 흐름이라는 것이 그래. 특히 재정 지출과 복지 확대 정책이 처음엔 경기 부양이 되는 것처럼 보이지만 잘못하면 얼마 못 가서 인플레이션 현상으로 되돌아오는 것이 경제의 흐름이야. 그러니까 인플레이션이 오게 되면 중남미에 있는 좌파 정권 꼴이 되는 거야. 지금 당장은 표시가 안 나지만 서서히 붕괴되는 거야. 중남미에 있는 좌파 정권들 봐. 대부분 다 그렇잖아. 포퓰리즘 좌파 정권이 들어서면 무조건 물가가 폭등하게 되는 거야. 베네수엘라 같은 나라를 봐. 원유 매장량 세계 1위 베네수엘라를 좌파 정권이 몇 년 사이에 낙원을 지옥으로 만들어 버렸잖아. 그러니까 진보 정책이 지나쳐 좌파 쪽으로 자꾸 기울게 되면 베네수엘라 꼴이 나는 거야. 너도 이 정도는 알잖아.”

“그럼 알지.”

“그러니까 결국 베네수엘라가 전 세계 부동산 가격을 소득 대비해서 비교한 지표에서 세계 1위를 기록할 수밖에 없었던 거야. 그러니까 이게 무엇을 반증하는 거지? 인플레이션에 대비한 가장 좋은 피난처가 부동산이라는 것을 반증하는 것이지.”

“아. 그래서 진보 정권만 들어서면 집값이 폭등하는구나.”

“그렇지. 그러니까 이제 집 있는 사람들은 자신이 아무리 보수라도 보수라는 말은 안 하고 집값 하나만 보고 진보 정권을 찍을 수밖에 없고, 복지 혜택에 맛 들인 사람들은 반복적으로 진보 정권을 택할 수밖에 없는 거야. 하기야 뭐 자기가 좋아하는 당을 찍는 거야 자유 민주주의에서 누가 뭐라 하겠어. 하지만 그 따뜻하게 보이는 복지 정책과 선심 정책이 부동산을 보유하지 못한 서민들과 노동자들을 더 시궁창으로 몰아넣게 되는 거지.”

"아, 그렇구나. 이제 확 이해가 되네."

"자, 그러니까 진보가 당분간 정권을 잡는 이상 부동산은 계속 오를 수밖에 없어. 그 사람들이 정치를 못 해서도 아니고, 능력이 없어서도 아니야. 그냥 그런 복지 정책이 발목을 잡는 거야. 그리고 보합세가 지속될 가능성이 가장 큰 이유 중에 또 하나는 정부의 부동산 대책이 이제는 시장에서 완전히 신뢰를 잃어버렸다는 것이야. 지금은 정부가 무슨 대책을 내놔도 안 돼. 지금은 그냥 가만있는 게 오히려 도와주는 거야. 그러니까 너 같은 서민은 100% 불이익을 당할 수밖에 없는 거야."

"그러면 공급을 늘리면 아주 간단하잖아."

"아직도 이해가 덜 되냐? 그러니까, 지금의 경기를 유지하게 하면서 집값을 떠받치게 해야 하는 거야. 그래서 어떡하든지 지금은 매물이 나오지 않도록 하는 대책을 쓰는 거야. 왜냐? 만약에 매물이 쏟아져 나오고 사람들이 겁을 먹고 집을 마구 팔게 되면 집값이 폭락할 거잖아. 그렇게 되면 자연히 경기가 위축되면서 정권은 빠르게 몰락하게 되기 때문에 무작정 주택 공급을 늘리지도 못하고 있는 거야. 좀 이해가 되냐?"

"아, 이제 완전히 이해가 되네."

고개를 끄덕이며 연신 그렇지를 연발하며 맞장구치던 시경은 명준의 박식한 부동산 지식에 열심히 동의하는 듯한 반응은 보였지만 머릿속 한쪽에서는 어떡하면 돈을 좀 빌릴 수 있을까에 대한 고민은 더 깊어가고 있었다. 언제 말을 꺼내야 할지 도무지 기회를 잡을 수가 없었다. 그때, 명준이로부터 뜬금없는 말을 듣게 된다.

"시경아."

"응?"

"너 돈이 급해서 왔지?"

"어?"

전혀 예상하지 못했던 명준의 말에 깜짝 놀란 시경은

"어…? 아니, 뭐 그런 건 아니고…"

"나를 속이려거든 귀신을 먼저 속이고 와. 내가 부동산 세계에서 일한 지가 벌써 34년이나 됐어. 척하면 척이야. 내가 고등학교 1학년 때부터 이 길로 뛰어든 놈이야. 그런 내가 갑자기 돈이 필요해서 찾아오는 사람을 왜 모르겠어. 그런 사람들이 부지기수로 나를 찾아와. 딱 보면 다 알아. 너도 딱 그중에 한 사람이었어."

"……?"

"그런데 시경아, 이상하게도 너를 딱 본 순간 뭔가 느낌이 달랐어. 물론 돈이 필요해서 온 것 같은 느낌은 확 받았지만, 이상하게도 거부감이 들지 않았어. 학교 다닐 때부터 너를 좀 알잖냐. 그래도 넌 좀 착하고 순수했잖아."

명준이의 족집게 같은 말에 갑자기 할 말을 잊어버린 시경은 얼른 다른 질문으로 둘러댔다.

"그나저나 너는 어떻게 이 부동산 바닥에서 크게 성공을 할 수 있었어?"

"뭐, 그냥 간단해. 그 당시 말죽거리에 사시던 이모부가 입버릇처럼 돈이 생길 때마다 무조건 강남 쪽에 땅을 사두라는 이야기를 자주 들으면서 자랐지. 그래서 그냥 고1 때부터 목돈이 생길 때마다. 심지어 세뱃돈 받아서도 무조건 땅을 샀지. 지금의 송파 쪽에 땅을 5평씩 10평씩도 막 샀잖아. 결국, 아버지 유산 물려받은 후 본격적인 상가 건물을 지으며 사업을 시작하게 된 거야. 뭐, 그냥 그 정도야."

"명준아, 근데 그때는 강남 아파트 시세가 도대체 얼마 정도 했냐?"

"그러니까 내가 부동산에 관심을 가졌을 때가 1985년도쯤으로 기억하는데 그때 압구정 현대 아파트 48평이 9천만 원 정도 했을 거야. 아마…. 자자, 그건 그렇고 너는 지금 상황이 어떤데? 전셋집에서 나와야 한다는 거야 뭐야?"

명준이의 시원시원한 말투와 함께 자신에게 어느 정도 관심을 보여주자 더는 뒤로 물러설 수 없다고 생각한 시경은 오히려 잘 됐다는 심정으로 자신의 상황을 솔직히 털어놓았다. 그 말을 들은 명준은 고개를 끄덕이며 대답했다.

"아, 그렇구나…. 근데 시경아 너 같은 사람이 대한민국에 한두 사람이 아니야. 국민 80% 이상이 그렇다고 생각하면 돼. 그러니 우리나라에서는 은행 돈을 이용하거나 전세 돈을 잘 이용해야 해. 그러니까 이게 무슨 말이냐 하면 남의 돈을 이용해서라도 기회가 왔을 때는 질러야 한다는 거야. 투자도 그래. 남의 돈을 잘 이용하는 사람이 돈을 벌 수 있고 부자가 될 수 있다는 거야. 그렇다고 남의 돈으로 사기를 쳐서는 절대로 안 되지만 지금은 무조건 집을 사야 해. 은행 돈을 빌려서라도 무조건 집을 사야 해. 자자, 그건 그렇고 우리 여기서 나가자. 저녁 시간도 다 되어가고 어디 가서 한잔하면서 그동안 어떻게 지내왔는지 이야기도 좀 나누고…."

"그래? 아, 좋지."

난생처음으로 운전기사가 딸린 외제 차, 그것도 수많은 남자의 로망인 벤틀리 뮬산을 타보게 된 시경은 황홀한 듯 차의 내부를 둘러보았다. 낮게 깔린 구름 아래로 벤틀리는 유유히 질주하기 시작했다.


"어서 오세요."

"네, 석관2동 하늘채 아파트로 갑시다."

"네."

시경은 명준을 만나 늦게까지 술을 마신 후 택시를 타고 집으로 가는 길이었다. 기분이 좋아 술을 좀 과하게 마셨더니 거나하게 취했다. 따뜻한 차 안이라 취기가 올라오는지 그는 금방이라도 옆으로 쓰러질 것 같았다.

"아이고, 더럽고 개떡 같은 세상. 아무리 열심히 살아도 내 집 한 칸도 제대로 마련할 수 없는 더러븐 세상아."

시경은 택시에 올라타자마자 요 몇 달간 내 집 한 칸 마련에 온 마음이 빼앗긴 자신이 너무 미워 신세를 한탄한답시고 내뱉었다. 기사는 그 말에 깜짝 놀라며 말을 걸어왔다.

"손님 많이 취하셨나 보네요."

"하하, 아닙니다. 취하긴요. 오늘 모처럼 친구를 만나 기분이 좋아서 좀 많이 마셨습니다. 이야. 그런데 그놈이 어마어마한 부자라서 그런지 역시 통이 큰놈입디다."

"예?"

"아, 이 녀석이 말이요. 내 고등학교 동창인데 말이요. 사실 나와 그렇게 친하지도 않았는데 말이요. 15년 만에 내가 불쑥 찾아갔는데 말이요. 아주, 이 녀석이 나를 그래도 반겨주지 뭐예요. 꺼억…. 딸꾹…."

"아, 그래요."

시경은 연신 딸꾹질을 하며 꼬부라진 혀로 말을 이어갔다.

"아니 근데 이 녀석이 말이요. 나한테 정 급하면 전세금을 좀 꿔 주겠다고 말했다니까요. 얼마나 감동인지 세상에 우째 이런 일이 있을 수가 있습니까? 사람 일은 사람이 모른다는 말이 있지요? 세상에 그런 일이 벌어졌다니까요. 미친 일이 다 벌어졌다니까. 그래서 오늘 내가 너무 놀랍고 기분이 좋아서 술을 엄청 퍼마셨지요. 하하하."

"그렇군요. 이야, 근데 정말 그 친구분 대단하십니다. 그렇게 친하지도 않은 친구에게, 그것도 15년 만에 보았다는 친구에게 적지 않은 돈을 선뜻 빌려준다는 것은 정말 사람 일은 사람이 모른다는 말이 맞네요. 아주 좋은 친구를 두셔서 정말 좋겠습니다."

"아, 좋고 말고요. 지금 나는 얼마나 기분이 좋은지 그냥 세상을 다 얻은 것 같습니다. 아니, 아파트 한 채를 산 기분입니다. 아, 그것보다도 우리 마누라 앞에서 체면이 서서 정말 기분이 날아갈 것 같습니다.

저기, 기사님.”

“예, 사장님.”

“손님들하고 대화도 잘해주시고 정말 친절하고 좋은 분 같아요.”

“하하 그래요? 감사합니다. 당연히 제가 그렇게 해야죠. 손님들 모두가 저희의 귀한 고객이잖아요. 당연히 친절해야죠. 택시라는 게 서비스잖아요. 서비스답게 잘해야죠.”

“아이고, 기사님 같은 분만 있으면 대한민국이 좋은 나라가 되겠어요. 솔직히 불친절하고 정나미 떨어지는 택시 기사들이 얼마나 많아요.”

“네, 앞으로 택시 기사들도 잘할 겁니다.”

“저기, 오늘 기분도 정말 좋은데 내가 자식 자랑 하나 해도 될까요?”

“예, 사장님. 얼마든지 하십시오.”

“내가 요즘 죽을 만큼 힘든 일이 많지만, 요즘은 내 딸내미가 나를 참 행복하게 만들고 있어요. 고 예쁜 우리 딸이 말이에요 지금 고3인데 말입니다.”

“예.”

“고 녀석이 우리나라 최고 일류대학 연세대학교에 수시입학 원서를 냈잖아요. 하하.”

“그러세요? 아이고, 공부를 정말 잘하나 봅니다.”

“공부를 잘하다마다요. 전교 10등 안으로 드는 데다 수시 합격도 무난히 될 거라고 담임 선생님도 입이 닳도록 얘기했다니까요.”

“그래요? 아이고 축하드립니다, 사장님. 정말 기쁘시겠습니다.”

“기쁘다마다요. 내 딸내미만 생각하면 항상 마음속으로 덩실덩실 춤을 추지요.”

"사장님은 그렇게 공부 잘하는 딸이 있으니 힘들게 일하셔도 행복하시겠습니다."

"하하. 그럼요. 행복하다마다요. 오늘 당장 죽어도 여한이 없지요."

명준을 만나기 전까지만 해도 집 문제 때문에 힘들다며 온갖 넋두리에 신세 한탄을 하던 시경의 얼굴은 어느덧 행복한 표정으로 확 변해 있었다.

"그럼요. 요즘같이 어려울 때 우리가 무슨 재미로 살겠습니까? 그래도 자식들 때문에 사는 것 아니겠습니까? 정말 행복하시겠습니다."

택시 기사는 백미러로 손님을 쳐다보았다. 그러나 시경은 이미 반쯤은 누운 채 곯아떨어져 자고 있었다. 무척이나 힘들고 지쳐 보였지만 딸 때문에 행복해하는 손님이 마냥 부러웠다.

# 8장

"삼촌!"

"어, 예진아. 웬일이야?"

"외삼촌 보러왔죠."

"아니, 네가 갑자기 외삼촌이 보고 싶다고 다 오다니…. 그래 별일은 없어?"

"별일이야 많죠."

"그래, 요즘 같을 때 별일 없는 사람이 어디 있겠어. 여기저기 동네방네 다 별일 있는 사람들밖에 없더라."

"하하하, 외삼촌도 참. 근데 외숙모는요?"

"손주 녀석들 데리러 학교에 갔어. 좀 있으면 올 거야. 자, 앉아."

가게 안을 한번 휙 돌아다보던 예진은 외삼촌이 꺼내주는 의자에 앉으며 물었다.

"가게는요? 바빠요?"

"바쁘긴. 지금 네 신데 오늘 다섯 테이블 받았다. 개판 오 분 전이다."

"아하, 어쩌나."

"그냥 계속 까먹고 또 까먹고 있다. 이제는 그냥 까먹는 게 일상이다. 인건 비는 그대로 나가지. 임대료는 올라가지…. 빨리 가게 계약만 끝나면 문을 닫아야지 이젠 버틸 여력이 없다. 내 나이도 있고…."

"그래도 외삼촌은 부자라서 까먹을 돈이라도 있잖아요."

"얘가 무슨 소리 하는 거야. 내가 무슨 부자야."

"아니, 압구정에 80평짜리 펜트하우스를 갖고 있잖아요. 60억짜리."

"얘야, 네가 몰라서 그렇지. 외삼촌 빚 좋은 개살구야."

"삼촌, 대한민국 강남에 60억짜리 아파트를 가지고 있는 사람이 빚 좋은 개살구면 대한민국에 아파트도 하나 없는 사람은 빚 좋은 마당에서 죽으라는 거예요? 요즘 같은 시대에는 삼촌 같은 분이 대한민국 짱이죠."

"그래. 그건 맞는 말인데, 지금 내 형편은 그렇지 않다 그거지."

"아니, 왜요?"

"음료수 마실래?"

"예, 주세요. 콜라?"

외삼촌이 열 예닐곱 살 정도 되어 보이는 직원에게 눈짓하자 얼른 냉장고에 가서 콜라 하나를 가져왔다. 뭐가 그리 좋은지 연신 히죽히죽 웃으며 들어오는 여자아이는 참 순진해 보였다.

"아니, 외삼촌 형편이 아무리 안 좋다고 해도 그 든든한 아파트가 있는데 세상 무슨 걱정이래요."

"걱정이 아니라, 내가 이 아파트에서 너무 많이 빼먹었거든."

갑자기 삼촌이 '내가 이 아파트에서 너무 많이 빼먹었거든.'이라는 말에 예진의 머리도 갑자기 복잡해지기 시작했다. 사실 어제저녁에 남편과 전세금 문제로 말다툼을 하면서 외삼촌한테 가서 돈을 빌려 오겠다고 큰소리를 뻥뻥 쳤기 때문이다. 그런데 외삼촌이 그 말을 하는 순간 돈을 빌릴 기회가 사라지는 것은 아닐까 하는 걱정이 앞섰다.

"예? 빼먹었다니요."

"너야 모르겠지만 그 아파트 장만도 사실은 운이 좋았지. 17년 전에 재개발되지 않았으면 꿈도 못 꿨을 아파트지. 거기다 80평짜리를 가지게 된 것도, 그때 너의 외숙모가 유산을 조금 받은 것이 있어서 운 좋게 당첨됐던 거야. 물론 이후에 중도금과 잔금을 나누어 붓느라 사실 엄청 고생했지. 있는 돈, 없는 돈에 여기저기 빌리고 은행에 대출까지 받고 난리도 아니었어. 그래도 사실 우리가 다 투자한 돈이 10억은 되지. 물론 지금은 집값이 오른 덕분에 횡재한 건 맞아. 부동산 가격 제대로 못 잡는 정부 덕택에 나 같은 놈이 땅 잡은 것은 맞지. 한 3년 전에 32억 하던 것이 지금은 60억도 넘었으니까 대한민국 정부한테는 정말 고맙지."

"외삼촌 같은 사람은 고마울지 몰라도 우리 같은 사람들은 피눈물 나요."

"그건 나도 인정해. 하지만 집값이 폭등하는 걸 우리가 어떻게 하겠어. 다 정부 책임이지."

"그러니까 어쨌든 삼촌은 어마어마한 부자잖아요."

"그래, 나도 인정해. 하지만 어마어마한 부자는 아니야. 우리도 그 집을 전세를 주면서 계속 그 전세금을 빼먹으면 살았단 말이야. 그래서 지금은 그때 32억 할 때의 전세금 중에 25억 이상은 우리가 다른 아파트 전세에 살면서, 생활비 하고, 아들딸 시집장가보내고, 그리고 사업하면서 많이 까먹었지. 그리고 너는 모를 거야. 도대체 세금이 얼마나 올랐는지 알아? 아니, 오른 집값만큼 돈을 만져본 것도 아닌데 세금은 우라질 엄청나게 내고 있어. 솔직히 그게 너무 부담스러워, 그런데 우리 같은 사람은 그렇다 치더라도 평생 집 한 채 장만해서 그 집에 30년, 40년 살아온 사람들은 뭐야. 집값 올랐다고 갑자기 세금도 올라서 세금을 무차별 내야 하는 사람들은 무슨 죄야. 그런 사람들은 정말 눈 튀어나오는 거지."

"그건 그래요."

"그렇잖아. 실거주 목적으로 사는 1주택자들은 팔 생각도 없는 집값을 정부가 다 올려놓고 이를 근거로 종부세를 더 내라는 게 이게 말이 되느냐고…."

"사실 그건 너무하죠."

"사실 막말로, 이 정권이 부동산 대책을 실패한 것처럼 꾸며 집값을 폭등하게 한 뒤 공시가격 대폭 상향과 세율 인상으로 세금을 더 뜯어낸다고 생각하는 국민이 얼마나 많아.”

“그럼요. 엄청 많죠.”

“지금 상황이 정말 그렇다니까.”

“그러니까요. 투기도 하지 않고 평생 집 한 채로 열심히 사신 분들인데….”

“그러니까 말이야, 종부세가 언제 생겼니? 노무현 정권 때 생긴 거잖아. 그이유가 뭐야? 투기 차단과 불로소득 환수를 통한 소득 재분배라는 두 마리토끼를 잡기 위한 취지였잖아. 그런데 지금은 웬만한 사람들은 죄다 종부세를 처맞아야 하잖아. 이게 말이 되니? 자, 그러니까 투기 세력을 잡기 위해 만들어진 종부세가 선의의 피해자만 양산하고 있는 거라고.”

“그렇죠.”

“계속해서 그렇게 종부세를 때리면 수입이 적은 사람들, 수입이 빤한 사람들 그리고 은퇴자들, 퇴직자들, 연금 등으로 생활하는 그들은 집을 팔아야해. 무슨 재주로 그 많은 세금을 감당하겠어. 그런 사람들은 죄다 서울 외곽으로 쫓겨서 나갈 수밖에 없는 거야. 그러니까 이제는 국가에 월세를 낼수 없는 사람은 집에서 빨리 나가라는 거야. 정말 미치고 환장할 노릇 아냐? 안 그래?”

“정말 너무 심하네요.”

“심한 정도가 아냐. 이 정도면 일부러 발로 밟는다고 봐야지.”

“네? 아무렴 그래도….”

“뭐가 아무렴이냐? 대한민국 부동산 한참 잘못 돌아가고 있어. 미쳤어. 아니, 미쳐도 단단히 미쳤어. 그렇잖아. 그런 사람들은 투기하려는 게 아니라 평생 살아온 집이고, 또 평생 살아가야 할 집인데 집값이 올라가면 세금만 더 내고, 의료 보험비 더 내고, 얼마나 억울해.”

"그건 정말 너무하죠."

"그러니까 내 얘기는 다주택자에게는 양도차익을 징벌적으로 물리고 생애 첫 주택 구매자에게는 문턱을 대폭 낮춰야 해. 그래야 집을 사기 쉬워지면 서도 부동산값이 안정되는 거야. 나는 그렇게 생각해. 왜 집 한 채 가지고 잘살고 있는 사람들을 들쑤셔 놓느냐 말이야?"

"네. 맞아요. 그래서 그게 너무 말이 많아 내년부터는 종부세법을 좀 고쳐 서 집 한 채를 공동 보유하는 부부도, 고령자도 장기보유 공제를 받게 된다 고 하던데요?"

"뭐, 그 정도로 해결이 돼? 그것도 내년에 가봐야 아는 거고, 하여튼 대한 민국 부동산은 미친 거야. 집값이 올라 덕을 본 나 같은 사람 입에서도 그 런 말이 나올 정도면 미친 게 맞아."

"그래도 삼촌 같은 경우는 얼마나 복이 터졌어요."

"그래, 그건 맞아. 그건 나도 인정해. 사실 나도 한 3년 전만 하더라도 내 아 파트에서 남는 돈은 7억 정도밖에 없었어. 그게 우리의 마지막 노후 자금 이었는데 아니, 요 3년 사이에 두 배가 올라 버리니까 또다시 대박이 터진 거지 뭐. 정부한테 무지하게 고맙게 생각은 하지. 장사도 계속 안되고 점점 까먹어가면서 정말 불안했는데 말이야…."

"그러니까 3년을 가만히 앉아서 30억 정도를 벌었다는 거잖아요."

"뭐, 굳이 따지자면 그건 맞지."

그때, 이때다 싶은 예진은 삼촌에게 얘기를 꺼내기로 다짐했다.

"삼촌 3억만 좀 빌려줘요"

"뭐, 3억을 빌려 달라고?"

"네."

"얘가, 정신이 있나 없나. 내가 3억이 어디 있냐?"

"아니, 30억을 벌었다면서요."

"하하, 물론 벌었지. 근데 그것 다 허상으로 벌었지. 내 수중엔 30억이 없잖아. 30억이 뭐야 3천만 원도 없다, 야."

"대출받으면 되잖아요."

"뭐, 대출? 애가 무슨 말을 하는 거야. 세상에 대출받아 돈을 꿔 주는 사람이 어딨어?"

"이자는 저희가 낼게요. 집주인이 전세금을 두 배로 3억을 더 올려 달라고 했단 말이에요."

"뭐, 3억을? 그 새끼 미친놈 아냐?"

"지금 집값이 폭등하면서 미친 사람 엄청나게 많아요. 뭐 욕할 필요도 없어요. 처음엔 저희도 욕하고 분해서 난리 치고 밤에 잠도 못 잤는데 이제는 장 서방도 저도 같이 미쳐가고 있어요."

"아니, 그렇다고 내가 갑자기 3억을 어떻게 대출받아."

"아니, 그럼 1억 만요."

"1억이나 3억이나 다 대출받아야지. 장롱 속에 현찰이 있겠냐?"

"집을 팔아도 되잖아요."

"애가 점점 이상한 소리를 하네. 아니, 팔아도 다시 집을 사려면 다 똑같이 올랐는데 그게 그거지 뭐가 남겠어? 그러니까 집값 오른 게 다 허상으로 번 거라니까. 실체가 없어. 괜히 집값 올랐다고 그리 좋아할 필요도 없어. 뭐 집을 팔아 그 돈으로 술이나 퍼마시면 두 배로 더 퍼마실까, 그게 그거야. 결국은 집값 올라가서 서민들만 더 죽이는 거야. 서민들은 이제 집 못사…."

"그래도 돈이 필요한 사람은 팔아야 하잖아요."

"물론 그렇지. 그렇지만 그것도 그리 말같이 쉽지가 않아. 집을 팔려고 하면 집값 올랐다고 양도세를 엄청나게 때리잖아. 양도세가 엄청난데 누가 집을 내놓겠어?"

"도대체 양도세가 얼마나 나오는데요?"

"차익의 60%야. 그러니까 아파트 팔고 10억 벌었다면 6억을 내야 해. 그러니 누가 함부로 팔겠어."

"와, 대단하네요."

"그러니 세금 내고 나면 비슷한 집을 살 수가 없는데. 그렇다고 가지고 있자니 재산세나 종부세가 너무 많이 나오지. 그러니 사실 이러지도 저러지도 못하는 사람들 엄청 많아. 그래서 결국 양도세, 종부세, 보유세가 부담돼서 주택을 자녀들에게 물려주는 수요가 급증하는 거야. 그러니까 결국 집을 팔면 더 큰 손해가 난다는 생각이 드니까 거래는 확 줄고 매물은 없어지는 거야. 그냥 간단해. 집을 공급하고 금리를 올려야 되는데, 아파트는 안 짓고 금리까지 낮은데 무슨 재주로 집값을 잡겠어. 방법이 없어."

"그렇죠."

"그러니 이거야. 집을 살려니 보유세가 무섭고, 팔자니 양도세로 다 뺏길 것 같아 두렵고, 죽자니 상속세가 겁나서 못 살겠다. 뭐 지금 대한민국 부동산이 딱 그래."

"삼촌은 보수죠?"

"응. 나야 보수지."

"그런데 보수이면서 지금 민주당을 왜 자꾸 칭찬하죠?"

"무슨 말이야?"

"계속 정부 덕이라고 하고 고맙다고 말씀하셨잖아요?"

"아니, 그건 맞잖아. 내가 보수지만 집값이 이렇게 올라가니 나야 좋잖아. 앉아서 돈 벌고 안 그래? 나는 집값을 위해서라면 정권은 계속 민주당이 잡았으면 좋겠어. 내 집 가격 올리는 데는 민주당이 최고지."

"어머, 삼촌도 이중성이 있네요."

"있지. 나는 보수가 정권을 잡았으면 좋은 건 사실이야. 그러나 집값을 생각하면 진보가 훨씬 더 좋지. 나는 다음에도 민주당 찍을 거야. 집값만 이렇게 계속 올려준다면 말이야. 하하하."

"아니, 삼촌도 결국…. 그런 사람?"

"뭐, 아닌 척할 필요 없어. 자기 집 가진 사람은 대부분 다 그래. 물론 안 그런 사람들도 있겠지만 나는 그래. 아니, 자기 집값이 팍팍 올라가는데 싫어하는 인간이 이 세상에 어디 있어?"

"아니, 그럼 집이 없는 사람들은요. 전세, 월세에 사는 사람들은요? 그런 사람들을 지금 피를 토하고 있잖아요."

예진이가 집 없는 사람들의 고통 모르면 안 된다고 약간의 역정을 내자 멋쩍었는지 외삼촌은 얼른 꼬리를 내리는 듯했다.

"그건, 그래. 이 정권이 정말 집값은 안정시켜야 하는데 말이야."

"그야 당연하죠. 안 되니까 그렇죠."

"그래서 내 생각은 앞으로는 부동산 정책은 절대로 정부 단독으로 하면 안 돼. 여, 야 부동산 전문가 의원들과 국토개발원 전문가, 뭐 그리고 금융전문가와 실질적인 부동산 전문가와 경실련에서 전문적으로 부동산을 담당하고 있는 전문가들, 뭐 이런 사람들을 총동원해서 종합적인 대책을 완전히 새로 만들어야 해. 그래야 그나마 대한민국 부동산 가격을 잡을 수가 있어. 참, 근데 그러면 너는 진보냐?"

"제가요? 저는 진보, 보수 그런 것 안 따져요. 그때그때 달라요. 잘하면 찍고, 못하면 안 찍어주고 그런 거 아녜요? 저는 그냥 중도예요."

"그래. 그게 정상인 거지."

"삼촌, 그건 그런데요. 그래서 돈을 좀 빌려줄 수 있다는 거예요, 없다는 거예요?"

"글쎄. 지금 당장 대답하기는 좀 그렇지. 어차피 여윳돈이 있는 것도 아니고 나도 대출을 받아야 하는 상황이고 너희 숙모하고 의논도 좀 해봐야지….'"

"안 돼요, 삼촌…. 얼마라도 빌려주셔야 해요."

"하여튼 너도 예나 지금이나 떼쓰는 데는 뭐가 있어."

"하하. 외삼촌이니까 그렇죠."

"암튼 저녁이라도 먹고 가거라. 곧 외숙모도 오실 거야."

"네. 그러죠, 뭐."

외삼촌이 주방에 잠깐 들어간 사이 예진은 고개를 돌려 한참 식당 창가를 바라보았다. 가로수가 갈색으로 바뀌며 가을을 재촉하고 있었다. 무덥던 늦더위에 지쳐갈 즈음 하룻밤 사이에 가을바람이 슬쩍 찾아온 것처럼 거리의 나무들은 하루가 다르게 단풍이 짙어가고 바람은 서늘한 기운을 품고 있었다. 바람이 불 때마다 낙엽이 보도블록 위를 뒹굴다가 부서지곤 했다. 늘 보는 똑같은 길거리 풍경이지만 오늘은 유난히도 쓸쓸하게 다가왔다.

# 9장

"여보세요?"

"수현아."

"네, 엄마."

"바빠?"

"네, 바쁘긴 바빠요."

"밥은 먹었고?"

"아직요."

"아니, 지금 시간이 몇 신데 아직 점심도 못 먹었어."

"좀 있다가 먹을 거예요."

"어떡하냐? 그렇게 바쁘게 일만 하고…. 돈은 좀 벌리니?"

"엄마, 나 지금 빨리 물건 분류해야 해요. 다시 전화 드릴게요."

"으응. 그래, 그래. 제발 몸 좀 생각해야 해."

예진이 아들 수현이와 마음 놓고 편하게 통화한 지가 도대체 얼마 만인지 모를 정도였다. 수현이가 수원으로 내려간 지도 벌써 1년이 넘었다. 공익 요원으로 제대한 뒤 한 학기만 다녔던 대학교에 복학도 하지 않았다. 취업 도 잘되지 않자 복학을 잠시 미루고 고등학교 때부터 아르바이트해서 모은 돈과 군대에서 받은 월급, 그리고 약간의 대출과 부모님의 손을 빌려 수원 에 있는 한신택배 회사와 야심차게 계약을 맺은 것이다. 개인 사업자로 택 배 업무를 시작한 지 1년이 넘었지만 늘 바쁘다는 핑계로 전화할 여유조차

도 없었다. 부모에게 힘들다는 말도 안 하고 묵묵히 일하는 수현이가 대견
스럽기도 했지만, 한편으로는 택배 사업이 힘만 들지 생각보다 수입이 많지
않다는 것을 엄마도 최근에야 알게 되었다. 사실 택배 회사와 계약을 맺고
개인 사업자로 택배 업무를 한다고 했지만, 적은 수수료에 세금 등 이것저
것 빼고 나면 한 달에 겨우 200만 원 벌까 말까였다. 회사의 횡포에 억울하
다며 자살한 동료도 있었다. 택배 사업을 하면서 시설 투자와 세금 등으로
수입이 매우 적고 사업이 잘되지 않아 전반적으로 어렵다며 생활고를 호소
하며 극단적인 선택을 했다. 사실 수현이도 노조 위약금 때문에 그만두지
못하는 상황이었다. 수현이는 이 일을 하기 위해 국가시험을 치르고 차량
도 구매해야 했다. 전용 번호판까지 준비했으나 정신없이 온종일 일해도 현
실은 한 달에 겨우 200만 원 정도밖에 벌지를 못했다. 수현이가 한신택배
수원 북부지점과 개인 사업자 계약을 맺은 것은 작년 6월이었다. 한신택배
는 본사와 지점 그리고 지점과 계약을 맺은 개인 사업자인 소장 등으로 구
성돼 있는데, 수현이의 경우에는 자신의 차량으로 직접 택배를 하는 가장
나이가 젊은 소장이었다. 말이 소장이지 그냥 계약직의 을(乙) 정도였다. 사
실은 얼마 전에 수현이가 동생 채린에게 전화를 한 적이 있었다.


"오빠."

"응. 별일 없어?"

"응, 별일은 없어. 그런데…. 사실은 있어. 1주일 전에 집주인이 전세금 3억
을 더 올려 달라는 바람에 집안이 발칵 뒤집어졌어."

"뭐, 3억이나? 하, 정말 왜 이러냐 집주인들이."

"그래서 지금 엄빠가 신경이 아주 날카로워."

"그렇겠지. 와, 그런데 정말 너무하다. 3억? 미쳐도 단단히 미쳤구나."

"우리 아파트 안에 3억 5천을 더 달라는 아파트도 있었대. 그리고 더 오를

수도 있대. 정말이지 요즘은 그냥 부르는 게 값이래.”

“그래서 어떻게 하신대 엄빠는?”

“대책이 없으신가 봐. 엄빠도.”

“아이고, 사실은 집안 사정이 어떤가 싶어서. 괜찮으면 택배 회사 일 그만 두겠다고 전화하려고 했는데….”

“오빠, 왜? 무슨 일이 있었어?”

“그게 아니고, 너무 힘들어서 그래. 힘든 만큼 돈도 안 벌리고…. 여기 월세 도 너무 비싸고….”

“집값이 비싸니 당연히 전·월세도 비싸겠지.”

“그것보다 이 이상 나의 미래가 안 보여.”

“어떡해, 오빠.”

“뭘 어떡해. 버티는 데까지 버텨야지 집안이 전세 문제 때문에 난리인데 내 가 어떻게 이 일을 그만두겠어.”

통화하면서도 왼쪽 엄지손가락 손톱을 계속해서 물어뜯고 있던 채린은 수 현에게 슬쩍 물었다.

“그래도 너무 힘들면 우선 엄마한테라도 말할까?”

“안 돼, 그건 안 돼. 아직은 절대로 말하지 마. 내가 상황 보고 말할게.”

“나도 사실 고민이 많아.”

“아니, 왜?”

“일단 내 고집대로 연대에 수시 원서를 냈어. 아빠가 알면 분명히 화를 낼 텐데….”

“그런 걱정은 하지 마. 내가 막아줄게. 아니, 자식이 SKY에 가겠다는데 그 걸 막는 부모가 어디 있어.”

"다 학비 때문에 그렇지 뭐. 내가 아르바이트하면서 공부를 하겠다고 그렇게도 아빠한테 말했는데도 안 통해. 아빠는 여자가 아르바이트하는 거 힘들다고 싫다는 거지."

"그래? 채린아, 일단 오빠가 알았으니까 전화 끊자. 그리고 아직은 엄빠한테 절대로 말면 안 돼. 알았지?"

"알았어. 오빠."

수현은 택배 사업을 포기하고 싶어 동생 채린에게 전화를 해본 건데 생각지도 못했던 전세금 이야기를 듣고는 맥이 빠져버렸다. 이번 여름에도 그랬다. 그렇게도 더웠는데도 중고 이동식 에어컨 하나조차 사주지 않았다. 더운 여름에 하차 작업을 하면서 많은 사람이 과로사한 걸 뻔히 알면서도 끝까지 외면하는 회사가 그렇게도 미울 수가 없었다. 오히려 회사는 그런 걸 건의했다는 이유로 서른 명 정도 되는 다른 소장에게까지 무조건 30분 일찍 나오라고 억지를 부렸다. 화나는 일이 생겼다고 하차 작업을 끊기도 하고, 소장을 불러서 의자에 앉으라 한 뒤 자신이 먹던 종이컵을 쓰레기통에 던지며 화를 내는 모습을 볼 때면 이곳에서 일할 이유가 사라지는 기분이었다. 거기에다 택배 분실이나 파손이 있을 때 자신이 배상해야 하는 것이 너무나 속상했다. 회사에서는 귀책을 따져 배상 정도를 정하는 규정에 따른다고 말은 하고 있지만 거의 본인이 부담해야 했다. 자살한 동료도 결국 회사의 갑질 횡포 때문에 극단적인 선택을 한 것이었다.


사실 수현은 은행에서 빌린 돈에 대한 원금과 이자로 매달 120만 원의 추가 지출이 있어서 이제는 이 일을 그만두고 싶었다. 빨리 다른 직장을 알아보던지 그게 아니라면 복학이라도 하고 싶었다. 대부분의 택배 회사들이 그렇겠지만 한신택배는 보통 2년 기간으로 계약하는데, 중간에 계약을 해지할 경우 권리금(350만 원)과 보증금(500만 원)은 물론 위약금까지 물어야 하는 구조였다. 그렇기에 수현은 섣불리 택배 사업을 그만둘 수 없어서 우선 채린에게 전화를 해봤던 것이었다. 그런데 동생한테서 들은 소식은 죄다 절망뿐이었다. 게다가, 월 200만 원 정도의 수입에서 차량 구매를 위해 빌린 돈의 원금과 이자 등 60만 원을 빼고 나면 남는 것도 없어서 부모님께 말도 못 하고 있었다.

'어휴, 전세금 문제만 아니면 솔직히 말씀드리고 빨리 그만두고 싶었는데.'

제대 후 졸업 먼저 한 뒤 취직하라던 아버지의 말씀이 오늘따라 수현의 귓전을 세차게 때리고 있었다.

# 10장

"어떻게 됐어? 외삼촌이 뭐래?"

"아직 잘 모르겠어."

"아니, 모른다니. 그런 게 어디 있어? 빌려줄 거면 빌려주고, 말면 마는 거지. 모르겠다는 게 무슨 말이야?"

"그게 아니라. 삼촌이 애매하게 말씀하시더라고."

"어떻게?"

"삼촌도 지금 돈은 없대. 대출받아야 한대."

"그렇겠지. 하지만 삼촌이 부자잖아?"

"부자 아니래. 뭐 허상 부자라나? 집값만 올랐지 그런 큰돈이 수중에 없다는 거야. 지금 식당도 안 돼서 죽겠대."

"물론 그렇겠지. 그래서 결론이 뭐야?"

"일단 다른 데 이곳저곳 알아보래. 그리고 전세 대출도 알아보래. 그래도 정 안되면 삼촌도 한번 알아봐 주시겠대."

"얼마나?"

"그건 모르지."

"설마 삼촌이 외면하지는 않으시겠지?"

"그럼. 외면이야 하지 않으시겠지."

"참, 어렵네."

"일단 알았어. 난 지금 찬수 사촌 형님 되시는 하 사장님 만나러 가는 길이야."

"누구?"

"카드회사 하갑조 사장."

"아, 산타피아 회사?"

"어, 고양시에 있는 사무실에 가는 중이야."

"알았어. 여보, 빨리 결과 연락 줘."

"그래, 알았어."

시경은 지난번 아내와 크게 다툰 후, 부쩍 아내에게 고분고분해졌다. 그렇게 싸운 이후 내린 결론은 빨리 전세금을 마련하든지 집을 사든지 해야 한다는 것이었다. 예진은 시경에게 친구 찬수나 진호에게 좀 부탁을 해보라고 했지만 그게 그리 쉬운 일이 아니었다. 지난번에 주식 투자도 자신 때문에 두 친구까지 손해를 보았던 것도 미안한 데다 사실 돈을 빌려줄 만한 능력이 없는 친구들이라는 것을 잘 알고 있었기 때문이다. 찬수는 늘 폼만 잡고 다니느라 까먹을 돈도 없을 뿐만 아니라, 요즘은 아내에게 집 하나도 장만 못 하는 능력 없는 남편이라는 소리를 들으며 신용도가 바닥을 치고 있었다. 진호는 아내의 재테크 덕택에 강남에 30평 아파트를 어렵게 장만하기는 했지만, 융자금을 갚느라 20년이라는 세월 동안 항상 빈대처럼 살아가는 친구였고 그렇게 큰돈이 있을 리도 만무했다. 하지만 그래도 폼생폼사를 표방하며 사는 찬수가 나을 것 같아 사정을 얘기했더니 역시나 폼생폼사다운 호기를 부리며 자신의 능력으로는 불가능하지만, 자신의 사촌 형님 하 사장에게 부탁해 볼 테니 한 번 만나는 보라는 것이었다. 무조건 보증은 자신이 설 테니 일단 부탁은 해보라고 했다. 역시 찬수는 의리의 친구라는 생각이 들었다.


하갑조 사장은 폼생폼사로 살아가는 찬수와는 다르게 자수성가하여 한국 최초로 입체카드 일인자 회사의 CEO로 성공한 사업가였다. 과거에 찬수를 통해 두어 번 함께 술을 마신 적이 있는 하 사장은 찬수의 부탁으로 시경을 만나게 되었다. 모처럼 만에 커피숍에 도착한 시경은 오랜만에 맡아보는 커피 향이 무척 감미로웠다. 진한 커피 향보다 더 진한 누군가에 대한 그리움의 냄새가 물씬 풍겨오는 듯했다. 현대식 건물에 젊은이들의 트렌드에 잘 어울리게 공간이 꾸며져 있는 실내가 아주 따뜻하게 다가왔다. 은은하게 들려오는 음악은 모처럼 시경의 마음을 편안하게, 그리고 메말랐던 가슴까지 따뜻하게 적셔주었다.


"형님, 죄송합니다. 이렇게 어려운 시간을 내주시고…."

"아, 그래. 찬수한테 얘기는 대충 들었다. 마음고생이 심하다면서."

"아, 예. 마음고생보다는 이번 일로 아내한테 정말 고개를 못 들겠습니다."

"그래, 마누라 말을 잘 들어야 자다가도 떡이 생기는 거야."

"예. 그렇지 않아도 요즘 아내로부터 삶의 지혜를 많이 배우고 있습니다."

"그래, 그런 얘기까지도 찬수한테 다 들었다. 아내 말 잘 들어서 신세 조지는 사람, 나는 아직 한 사람도 못 봤어. 나도 아내 덕을 톡톡히 본 사람이잖아."

"그래요? 형님도요?"

"그럼. 나도 경상도 시골에서 상경해서 그 당시 홍은동 언덕배기에 월세로 살면서 고생 많이 했지. 결혼해서는 은평구에 있는 조그만 빌라에 살면서 아내가 헌신하면서 두 딸 키우며 알뜰살뜰 모아 60평대 아파트 하나 장만하게 된 거지. 그 덕택에 카드회사에서 열심히 일할 수 있었고 회사도 이렇게 성공한 거야."

"야, 형수님 대단하시네요."

"그렇지 대단하지. 내가 월급 갖다주면 아내는 알뜰히 모아 전세금 이리저리 돌리고 해서 지금 우리가 사는 마포구에 조그만 아파트를 한 채를 힘들게 산 거야. 상암동에 방송국들이 들어서면서 지금은 58평대 아파트 분양가가 25억이 넘잖아. 뭐 요즘 집값이 천정부지로 올라서 두 배로 뛰었지만 말이야. 자, 그런데 그 일을 누가 했냐? 모든 가정 경제를 도맡아서 관리하던 아내가 그 일을 다 했던 거야. 내가 한 건 아무것도 없었어. 나는 그냥 회사 일만 열심히 하고 아내가 부동산에 눈을 돌려야 한다며 열심히 공부할 때 옆에서 도와주고 조언해 준 것밖에 없었어. 아내 말을 잘 듣다 보니 이런 좋은 날이 오잖아. 물론 운(運)도 따랐지만 말이야. 시경아, 너 그걸 알아야 해. 운이라는 것은 그 운을 받아 담을 그릇을 준비 한 자에게만 찾아오는 거야."

"그렇죠. 근데 형수님이 정말 대단하시네요."

"그럼 대단하지. 그래서 요즘은 이런 말이 있어."

"뭔데요?"

"약은 약사에게 경제권은 아내에게…."

"하하하. 아주 딱 맞는 말이네요."

"그러니까 결론은 이게 다 아내 말을 잘 들어서 그렇게 된 거야."

"네, 맞죠."

"그러니까 너도 이제부터 무조건 아내 말만 잘 들어. 그러면 반드시 좋은 일이 생기는 거야. 요즘은 아내 말 잘 들어서 재테크로 재산 불린 사람들 의외로 많아."

"예, 그런 것 같습니다. 명심하겠습니다. 형님."

"아마 네 친구 진호도 그런 경우라지?"

"네, 그렇죠. 하, 강남에 33평짜리 아파트…. 정말 꿈같은 집이죠. 진호도 결국 아내 말 잘 들어서 그렇게 된 경우죠."

"그래, 그건 그렇고 당장 얼마가 필요하다고?"

"아이고, 형님. 죄송합니다."

"네가 왜 죄송하냐. 전세금을 갑자기 두 배로 올려 달라는 인간들이 나쁜 놈이지. 뭐 또 어떻게 보면 집주인들이 뭐가 나빠. 집값이 오르니 전세금도 올리는 거지 뭐. 이렇게 집값 하나 못 잡아서 열심히 살아가는 서민들 피눈물 나게 하는 정부 놈들이 더 나쁘지."

"요즘은 그냥 한숨밖에 안 나옵니다."

"그렇지. 요즘 같은 경우 집 없는 서민들이 할 수 있는 것은 한숨 쉬는 것밖에 없지 뭐가 있겠어. 지난번만 해도 그렇잖아. 정부가 24번째 전세 대책을 내놓았다고 하는데 시장의 반응은 거들떠보지도 않잖아. 역시나 기대했던 것과 완전히 다르더라. 매사에 이런 식이라고……. 오히려 기다렸다는 듯이 곧바로 지수만 급등했잖아. 그러니 빚을 내서라도 아파트를 사려는 행렬이 이어질 수밖에 없는 거야. 정부의 가계 빚도 그래. 그렇게 억제 정책을 해도 가계부채 잔액은 계속해서 사상 최대치를 경신하고 있잖아."

"네, 그렇죠."

"왜 그렇겠어? 간단해 부동산 시장의 근본적인 문제를 해결하기보다는 수요 억제 위주의 방식으로 규제하다 보니 부동산 상승에 대한 기대감만 높아지고 있는 거야."

"네."

"그리고 전세 대책에서 가장 중요하고 핵심적인 임대차3법의 문제점을 보완하는 대책은 하나도 없잖아. 이것만 봐도 시장에선 실망감 정도가 아니라, 아주 그냥 싸늘한 거지."

"그렇죠. 임대차3법의 문제점이 보완된 건 하나도 없죠."

"항상 이런 식이라니까. 한발 다가가면 열 발짝 멀어지는 게 지금 정부의 부동산 시책이야. 이번에도 봐, 전세 물량을 크게 늘려서 치솟는 전셋값을 잡겠다고 말은 거창하게 하지만 늘어나는 물량 대부분이 다세대 주택으로 이뤄졌다는 거야. 그런데 여전히 빡빡한 입주 기준이나 상가·호텔을 리모델링해서 사용하겠다는 발상이 말이 되냐? 현실감이 떨어져도 너무 떨어지는 거지. 그러니까 한 마디로, 살던 아파트에서 내쫓기게 하더니 이제는 빌라에 가서 참고 살라는 뜻이야. 개웃기지 않아?"

"답이 없는 거죠."

"나 원 참, 그런 걸 전세 시장 안정화 대책이라고 내놓으니 그 대책을 낸 그날, 전국 아파트 매매가격과 전세금이 아주 역대 최대 폭으로 급등했잖아."

"그렇죠. 가장 많이 뛰었죠."

"이렇게 비규제지역의 집값이 급등하니 또 정부는 부랴부랴 뭐, 김포, 부산 해운대, 또 어디지?"

"대구 수성구요."

"응. 그래 수성구. 뭐 갑자기 일곱 군데나 조정 대상으로 신규 지정하고 말이야. 도대체 뭔 짓들을 하는지…… 이런 전세 대책은 백날 해도 안 돼. 사람들이 원하는 아파트 전세 공급을 늘리는 방안이 함께 포함되어야 효과를 보는 거지. 이런 식으로 해서 어떻게 되겠어. 그러니 전셋값 상승은 지속되면서 매매가격까지 밀어 올리는 악순환이 계속 나타날 수밖에 없는 거야. 봐, 시경아. 임대차3법이 뭐야?"

"그러니까 그게…."

마음이 급한 하 사장은 시경이 빨리 대답을 하지 않자 잠시 흥분한 듯 얼른 말을 이어갔다.

"쉽게 말해 계약갱신청구권이잖아. 그리고 전·월세 상한제잖아."

"네, 그렇죠."

"그러니까 그걸 시행하자마자 전국적으로 전세 대란 더 심각해지면서 전세 난민들이 더 쏟아져 나왔잖아."

"그렇죠."

"왜 그렇겠어? 간단해. 갑자기 임대차보호법이 시행되면서 그 부작용은 해결도 하지 않고, 임차인의 거주 기간을 4년에서(2+2년) 6년으로(3+3년) 확대하는 개정안을 발의하니 또다시 시장에 혼란이 올 수밖에 없는 거야. 오히려 전세 품귀 현상이 일어나면서 자연히 한두 달 사이에 또다시 수억 원씩 이 오르니 임대차3법이 철저하게 실패했다는 거 아냐. 그러니 이제는 불안감을 떠나 공포감을 느낀 무주택 세입자들이 할 수 있는 것은 딱 하나, 이번 기회를 놓치면 영원히 집을 못 살 것 같은 생각이 들면서 중저가 아파트를 중심으로 마구 사기 시작하는 거야. 그러니 집값은 또 더 오르고 이런 악순환이 계속해서 일어날 수밖에 없는 거야."

"그럼요."

"이해하기 어렵냐?"

"아뇨."

"자, 봐. 이 임대차3법이 얼마나 웃기냐면, 아니 얼마나 부작용이 많냐면 내 조카 부부가 이번에 바로 딱 당했잖아."

"그래요?"

"금천구에 사는 30대 맞벌이 부부인데 이번에 임대차3법에 호되게 당했지."

"어떻게요?"

"조카들이 10년 동안 맞벌이를 하며 세입자 신분으로 10년을 살았지. 두 아이가 있는데 이제 초등학교 입학을 해야 하는 첫째 아이를 위해 주택 매매를 알아보다 11월에 경기도 안양에 나온 집을 계약하게 됐어. 그래서 세입자와 퇴거 일자, 그리고 전세 보증금 10%에 대한 송금 가능 일자까지 다 조율했어. 조카는 지금 사는 전셋집 계약이 1월에 만기 돼서 이번 달 내 전세금을 빼서 잔금을 주기로 계약서까지 다 작성했단 말이야. 그런데 갑자기 세입자가 임대차3법을 들이대며 아이들 학군 때문에 이사할 수 없다고 일방적으로 조카에게 통보한 거야. 그리고는 퇴거하지 않겠다면서 계좌번호를 보내 주지 않는 거야. 조카네도 두 아이가 있는 부모잖아. 졸지에 길에 나앉게 생겼어."

"예? 아니 그런 경우가 어디 있어요?"

"어디 있긴 어딨어? 바로 여기 있잖아. 이게 바로 부작용에 대한 해결책도 없이 덜커덩 내놓은 임대차3법 때문이잖아. 임대차3법 때문에 이런 비슷한 사례들이 비일비재해 지금…. 아니, 엄청 많아."

"그래요?"

"그러니 세입자를 보호하겠다고 만든 법이 여태껏 세입자로 살았던 우리 조카에게는 살 집을 다 뺏어버리는 법이 되었다. 2년 동안 세입자가 더 살게 되면 조카는 앞으로 2년 동안 월세를 살아야 하는 상황이야. 말도 안 되는 임대차3법을 만들고 유예기간도 없이 바로 밀어붙이는 정부가 바로 지금의 정부야. 이게 제대로 된 부동산 정책이니? 자, 그러니 이러한 수많은 사례를 보호할 수 있는 법안 개정을 또 만들어야 하는 거야. 그러니까 부동산을 규제하겠다고 정책을 발표할 때마다 각종 편법만 생겨날 뿐 값은 계속 오르니, 차라리 정부가 아무것도 하지 않고 자유 시장 경제에 맡기는 게 훨씬 더 집값 안정에 도움을 주는 거야. 햐, 내가 이번에 걔네 집도 빨리 알아봐 줘야 해."

"아이고, 형님까지 고생이네요."

"자, 그러니까 결론적으로 말하면 회전을 시켜야 수요와 공급이 원활하게 돌아가는데 그걸 꽁꽁 틀어막았으니 시장이 얼어붙어 버린 거야. 세금이랑 대출을 틀어막아서 상승 기세를 다 꺾어 버렸다는 거야. 그런데 임대차3법으로 또다시 요동치게 만든 거야. 결국, 전국의 전셋값을 부추기게 되니 이제 월세까지 번지는 것 아냐. 그러니 집 없는 서민들의 주거권과 생존권 두 마리 토끼를 다 놓친 격이 된 거야.”

“그렇네요.”

“뭐, 그래놓고도 장관이 기껏 한다는 소리가 뭐야?”

“……?”

“때를 기다리라고만 하고 있잖아. 지금은 저금리 때문에 어쩔 수 없이 집값이 올라갈 수밖에 없다나? 아니, 그 며칠 전에는 또 뭐라고 말했더라? 여러 요인이 있지만, 계약 갱신 청구권이나 임대차3법 때문이라고 말씀드리기 어렵다나. 뭐, 이런 괴상하고도 무책임한 답변만 하고 있으니. 아니, 이런 유체이탈 화법을 하고 있으니 서민들이 뭐라고 말하겠어? 결국, 세수가 부족하니 정부가 집값을 올리고 공시지가를 올려 재산세를 올릴 목적이라고 대다수가 의심하고 있는 거 아니냐. 현실이 그렇잖아.”

“그렇지요.”

“국가는 집주인에게 세금을 많이 거두니까 좋겠지만 어쩔 수 없이 집주인은 그 세금을 세입자에게 전가할 수밖에 없으니 억울하게 피해 보는 사람은 무주택 세입자가 될 수밖에 없는 거야. 지금 24번째 부동산 정책 실패로 국민의 피로감이 얼마나 크게 누적돼 있냐? 정신적인 스트레스 말도 못 해. 나는 그렇게 생각해. 앞으로 자산 양극화 때문에 심리적, 정신적 박탈감을 느껴서 엄청난 자살률을 기록할 거라고 생각해. 두고 보라고.”

“그렇죠.”

“너는 아는지 모르겠다만 이런 식으로 집값이 천정부지로 계속 올라가게 되면 결국엔 정부와 은행만 엄청난 타격을 입게 되는 거야. 지금 정부가 그걸 모른다니까. 자 봐, 집값이 너무 많이 오르면 결국 부동산 대출을 갚아야 할 사람이 갚을 능력이 없게 되는 거지. 그러면 어떻게 되겠어? 갚을 능력이 없다고 파산신청 해버리거나 나 몰라라 배 째라고 하면, 아니면 막말로 자살이라도 해버리면 그 돈을 오롯이 국가가 떠안아야 하는 거야. 결국, 또다시 세금으로 해결해야 하고, 국민의 혈세를 더 걷어야 한다는 거야. 그러니 은행은 어떻게 되겠어. 은행이 줄줄이 도산하는 거지. 그 뭐야. 리만 브라더스 사태가 바로 그런 거였잖아. 2008년도 글로벌 경제 위기 말이야. 지금 사태가 이 지경이야. 아주 똑같아. 그러니 앞으로 국민의 부동산 빈부의 극 차로 엄청난 자살률이 나올 수밖에 없는 거야. 두고 보라고.”

“정말 심각하죠. 형님. 저 같은 사람도 심리적인 박탈감이 얼마나 큰데요. 몇 달 사이에 수억, 수십억씩 벌었다는 사람들 보면 정말 일할 맛이 안 납니다.”

“바로 그거야. 어떻게 열심히 일할 맛이 나겠어. 살맛이 안 나는데…. 그런데 뭐 그래놓고 기껏 정치인들이 하는 소리가 임대주택이 괜찮다고? 호텔, 모텔도 살만하다고? 아니, 지들이 호텔, 모텔에 살아보고 그런 말을 해야지.”

“웃기는 짬뽕들이지요. 근데 호텔 말고 고시원도 있는데요….”

“하하. 그거 말 되네. 고시원도 있네. 자, 그러니까 이제 정말 더 무서운 건 뭐냐? 보라고. 분명히 막차 타는 사람들이 엄청나게 쏟아져 나온다는 거야. 그 막차를 타는 사람들이 얼마나 많으냐에 따라 대한민국 부동산은 하루아침에 붕괴가 되는 거지. 일본처럼 말이야. 뭐 일본이 그렇게 붕괴할 줄 누가 알았겠어.”

“예, 형님. 그래서 요즘은 일본처럼 붕괴 이런 말들이 심심찮게 들립디다.”

“뭐, 없는 말이 왜 나오겠냐?”

“형님, 그래서 저도 고민이 많이 되는 겁니다. 이렇게 가격이 많이 올랐는데도 주변에서는 사면 무조건 오른다고 사라고 하지만 버틸 수 있을지, 또

무리하게 샀다가 집값이 떨어지면 어떡할지 사실 고민이 큽니다."

"그럼, 고민이 왜 안 되겠어. 하지만 그것도 결국 본인이 판단해야 하는 문제니까 누구에게 하소연할 수도 없는 거지. 자, 그러니 자기의 소득에 맞게 집을 사야 하는 것이 정상적인 나라인데 이렇게 비싼 집을 살 생각을 하는 그 자체가 집을 투자로 생각하니 이건 정말 비정상적인 사회라는 거야."

"그렇죠."

"결국 일본도 처참히 붕괴됐잖아. 그때 일본의 자살률이 과거 20년 동안의 자살률보다 더 많았어. 순식간에 집값이 십 분의 일 수준으로 떨어져 버리니, 대출받아서 집을 산 사람들이 무슨 재주로 버티겠어? 자살만이 유일한 길이었지. 사실 그때 일본이 10년 이상 경제가 후퇴하게 된 결정적인 계기가 된 거야. 덕분에 우리 한국이 일본을 바짝 추격할 수 있는 절호의 기회가 된 거지. 부동산 가격 폭등이 그만큼 무서운 거야. 그냥 나라를 한방에 말아 먹는 거야. 그런데 아직도 정부는 그걸 모르고 있으니 나 원 참."

"그래서 형님 어제 25번째 부동산 대책이 나왔잖아요. 83만 가구 공급 대책 발표 말입니다. 그러면 훨씬 나아지겠죠? 뭐 2025년까지 짓는다나 그랬잖아요."

"너도 참 답답하다. 야, 시경아. 2025년도까지 짓는다는 것이 아니라 그때까지 부지를 확보하겠다는 거야."

"아, 그래요?"

"그럼. 그러니까 지금 정부의 계획보다 앞으로의 과정을 봐야 하는 것이 훨씬 더 중요한 거야. 특히 민간인들이 얼마나 적극적으로 참여하는가가 굉장히 중요한 거지. 주택 건설이라는 것이 그래. 기본적으로 민간 주도로 그리고 주민 참여로 추진되어야 참여율도 높아지고 모든 사업이 끝난 후에도 재정착률도 높아지는 거야. 그렇게 안 되면 25번째 대책도 국민은 선거용이라고 생각할 수밖에 없는 거지."

"이야, 형님 부동산에 대해 정말 많이 아시네요."

"이 정도도 모르는 사람이 어디 있어? 그러니까 내 말의 결론은 뭐냐? 부동산 정책은 큰 용기와 결단력으로 합리적 정책을 만들고 난 뒤 추진을 해야 한다 이거야. 어설프게 잘못 건드리면 반드시 이런 악순환이 반복된다는 거지. 능력이 안 되면 차라리 아예 처음부터 시장경제에 맡겨 버리는 게 훨씬 더 낫다 이거야."

"네, 당연하죠."

"어, 그래. 그래 이야기가 옆으로 팍 샜네. 얼마라고?"

"네, 형님. 전세금 3억을 더 주고 6억으로 전세로 다시 들어가는 것보다 이참에 아내 말대로 무리해서라도 작은 아파트라도 하나 살까 합니다."

"그래? 늦었지만 지금이라도 당장 사야지. 그래, 나온 집은 있고?"

"네. 노원구에 20평 월성주공아파트입니다. 여기저기 조금 빌리고 은행 대출을 1억 정도 받고 하면 형님께서 일억 정도만 좀…. 어떻게 될 수 있다면…."

"일억? 일억이라고? 일억이라…. 일…억이라…."

몇 번이고 액수를 반복하며 중얼거리자. 두 눈을 껌벅거리며 하 사장의 눈치를 열심히 살피던 시경은 얼른 말을 돌려 버렸다.

"일억이 안 되시면 오천…이라도…."

시경은 너무 큰 액수를 요구했나 라는 생각이 들어 그냥 오천으로 확 낮춰서 불렀다. 그리고는 입술을 바짝 오므리며 뚫어지게 하 사장의 얼굴을 바라보았다.

"……."

"시경아. 너도 알겠지만, 회사가 잘 돌아간다고 사장이 회삿돈을 펑펑 쓸수도 없는 일이고 그렇다고 장롱에 수억씩 쑤셔 놓고 사는 사람이 어디 얼마나 있겠냐? 거의 없어. 나도 그래."

하 사장은 침을 꿀꺽 삼키며 자신을 뚫어지게 바라보는 시경에게 말했다.

"하지만 네가 그리 급하다니 내가 한번 준비는 해볼게."

합격의 순간이었다. 순간적으로 시경의 입에서는 자신도 모르게 합격이라는 단어가 튀어나왔다.

"아이고, 형님 감사합니다. 당분간 이자는 꼬박꼬박 잘 내겠습니다."

"뭐, 이자는 필요 없고. 그까짓 이자 안 받아도 사는 데 지장 없다. 네가 능력이 되면 내 돈을 먼저 조금씩 갚아 나가면 돼. 돈거래는 확실하게 해야 하는 거니까."

"예, 형님. 잘 알겠습니다. 물론 제일 먼저 갚아 나가야죠."

"어쨌든 나도 찬수를 봐서 빌려주는 거야. 찬수가 저렇게 덤벙대면서 폼생폼사로 살아도 그놈이 인간 본성은 돼먹은 놈이야. 착한 놈이지. 사내새끼가 의리도 있고…."

"아 네, 그건 맞습니다. 그러니까 저도 찬수랑 고등학교 졸업 후 삼 십년지기 친구로 지내고 있지 않습니까?"

시경은 너무나 뜻밖에 하 사장님으로부터 흔쾌한 승낙을 받게 되자. 솔직히 어안이 벙벙했다. 사실은 불가능하리라는 생각을 하며 그냥 지푸라기라도 잡는 심정으로 왔다. 지금은 이렇게라도 뛰지 않으면 당장 전세에서 쫓겨날 처지라 그렇기도 했지만, 이번만큼은 아내의 말대로 어떤 방법으로든 집을 한 칸 장만해야겠다는 절박한 마음이 너무나 컸기에 하 사장을 만나야겠다 결심했다. 그런데 하 사장이 이렇게까지 멋지고 화통하게 반응해 주실 줄은 전혀 예상치 못했다. 거기에다 이자도 받지 않고 흔쾌히 빌려주시겠다는 하 사장의 말에 시경은 정말 될 듯이 기뻤다.

"아, 형님. 정말 감사합니다. 그리고 정말 행복합니다."

"뭐, 다들 행복하게 살아가야지. 이 좋은 대한민국 땅에서 말이야. 한번 태어난 인생 서로 좀 양보하며 행복하게 살아가야 하지 않겠어? 서로 도울 수 있으면 돕고 말이야."

"네, 그래야지요. 형님. 정말 감사하는 말씀밖에는 드릴 말이 없습니다. 은혜는 꼭 갚겠습니다."

"그래. 살면서 갚아라."

"네, 형님. 형님도 성공하기까지의 수많은 어려움이 있었다는 이야기를 찬수한테도 자주 들었습니다. 자기가 제일 존경하는 분이 형님이라고 술 마실 때마다 형님 이야기를 하죠."

"술 마실 때만 그런 이야기 하면 뭐하노. 하 기사 그놈이 술은 정말 좋아하지. 뭐, 술은 자기의 생명수라나? 하하하. 나는 술이 생명수라는 말은 그놈한테서 처음 들어봤지."

"어휴, 그것은 아무것도 아닙니다. 찬수는 '여행은 술이지!' 그러면서 여행만 가면 관광은 뒷전이고 온종일 술만 퍼마십니다."

"그래?"

"예, 그러면서 친구들하고 건배할 때마다 하는 말이 '여행은 술이지!' 이러면서 마신다니까요. 오죽하면 우리가 술생술사라고 부르겠어요."

"그래? 아주 묘한 놈이구먼. 하기야 '여행은 술이지!' 그 말이 틀린 말은 아니네. 하하하."

"아, 그런데 형님 말입니다. 저도 이번에 크게 깨달은 게 하나 있습니다."

"그래? 그게 뭔데?"

"세상은 내 뜻대로 살아지는 것이 아니라, 내가 맞추어가며 살아야 한다는 거요."

"그래, 그건 맞는 말이야. 이 세상에 내 뜻대로 되는 게 어디 있겠어."

"네, 그건 확실히 맞는 것 같습니다."

"그래, 그러면서 인생을 배우는 거야. 인생 뭐 대단한 것 없어. 다 거기서 거기야. 한 번밖에 없는 인생, 가족들과 알콩달콩 잘 살면 돼. 그게 가장 멋진 인생이고 가장 큰 행복이야."

"그럼요. 그게 최고의 행복이죠."

"그냥 잠시 쉬었다가 술 한잔하고 가는 것이 우리의 인생이다. 그렇게 편안하게 생각하면 돼. 그냥 바람에 등 떠밀려 가는 것이 인생이야."

"예, 저도 이제 막 오십이 넘어보니 그런 생각이 들 때가 참 많더라고요."

"그럼. 사람은 나이를 먹으면서 철이 드는 거야. 많은 사람이 세월 더러 간다고 그러잖아. 세월이 가는 게 아니야. 틀렸어. 나도 나이가 들어가 보니 세월이 가는 게 아니라 내가 가는 거라는 걸 요즘 많이 느껴. 사실 세월은 그대로 있는 거야. 내가 가는 거야. 그렇게 생각하니까 마음이 아주 편안해지는 거야."

"와, 형님 좋은 말씀이네요. 세월이 가는 것이 아니라, 내가 가는 것이라…. 그런데 유행가 가사를 보면 죄다 세월이 간다고 하잖아요."

"틀렸어. 내가 가는 거야. 아이고, 시간이 벌써 이렇게 됐네. 자자, 우리 저녁이나 먹으러 가자. 간단하게 술이라도 한잔하고…."

"네, 형님."

그들은 카페를 나와 하 사장의 차를 타고 근처에 맛있기로 유명한 장어구이 집으로 향했다. 고급스러운 외제 차를 능숙한 솜씨로 운전하는 하사장님이 한없이 멋있어 보였다. 차 안에서 흘러나오는 트로트마저 오늘따라 아주 품위 있게 들려왔다.

# 11장

예진의 얼굴은 남편이 친구 명준과 하 사장을 만나고 온 후 한결 밝아졌다. 전세금 3억을 빼고 외삼촌이 빌려주겠다는 5천과 하 사장님의 1억, 그리고 뜻밖의 친구 명준이 당분간 갚지 않아도 된다는 5천과 그리고 나머지 1억을 대출받아 당장 아파트를 사기로 마음을 먹었다. 신용 대출로 1억을 빌리더라도 투기 지역이나 주택 규제 지역이 아니라 대출 회수의 걱정 없이 6억 2천으로 아파트를 살 기회가 드디어 찾아온 것이다. 그리고 또 다행한 것은 은행에서의 대출 1억은 외삼촌이 추후 다시 대출을 받아 갚아주기로 했기에 시경은 훨씬 더 가벼운 마음으로 집을 살 기회를 마련할 수 있었다. 그리고 시경도 이제 더는 뒤로 물러설 수가 없었다. 이번만큼은 내 집을 마련해야 한다는 심리적 압박이 너무나 컸기 때문이었다. 그리고 무조건 사고 보자는 일종의 보상심리도 함께 했다.

"여보. 30평대 아파트는 아예 불가능하지만, 노원구에 있는 주공 아파트 20평이 6억 2천에 좋은 가격에 나온 것만 해도 어디에요. 2개월 후에 전세 입주자가 나가고 타이밍도 딱 맞잖아요."

"이야, 노원구 쪽에 20평이 6억 2천이라니 참 엄청나게 오르긴 올랐다."

"30평은 10억을 치고 있어요."

"뭐, 10억을 치고 올라가? 야, 미쳤구나. 정말 이 나라가 미쳐 돌아가는구나. 어떻게 노원구 쪽까지 이렇게 오를 수가 있나."

"무슨 소리예요, 여보. 서울 집값이 천정부지로 오르면서 비강남권과 수도권 지역에서도 30평짜리가 20억까지 올라간 단지도 수두룩해요."

"뭐, 강북이? 수도권이 20억? 아니 어디가?"

"여기 봐요, 여보. 국토교통부 실거래가."

"어디?"

"옥수동 래미안 아파트라나 20억 4천에 거래됐고. 5년 전보다는 11억이 올랐고 석 달 전보다는 2억 올랐잖아요."

"와 미쳤구나? 이제는 아파트 이름만 붙이면 그냥 억, 억 오르는 미친 세상이구나."

"거기뿐만 아녜요, 이 단지 외에도 여러 단지가 그렇게 올랐네요. 성수동 성수동양아파트는 지난 9월에 20억 7천에 팔렸고, 역시 성수동 강변임광아파트는 19억 7천에 팔렸네. 5년 전보다는 13억이 올랐잖아요. 어머머, 미쳤네. 미쳤어. 그리고 마포에 있는 30평 아크로리버하임 이 아파트는 뭐야. 잘 읽지도 못하겠네, 여기는 역대 최고가 21억에 거래됐다잖아요. 여기 봐, 명단이 다 있잖아요. 야, 이것 봐 여보. 20억짜리가 수두룩하네. 마포구, 광진구, 과천 뭐 모조리 19억, 20억이네요."

"그럼 강남은?"

"강남까지는 볼 필요가 없어. 눈 아파요."

"이야, 그러니 우리같이 수중에 전세금 3억이라도 있는 사람도 이러니, 이제 막 사회생활을 시작하는 젊은이들은 도대체 무슨 재주로 집을 사겠어?"

"그렇지. 평생 모아도 못 사죠."

"월급 300만 원 받아서 안 먹고 안 쓰고 몽땅 다 모아도 70년이 걸리네. 그런데 안 먹고 안 쓰고 어떻게 살아? 그리고 집값은 70년 동안 가만있냐? 수십 배, 수백 배, 또 올라갈 텐데."

"먹고 살고 매달 100만 원을 꼬박꼬박 모은다 치면 200년을 모아야 강북에 30평대 아파트 하나 사네."

"그러니 젊은이들이 죄다 집을 포기하고 외제 차나 타면서 그냥 인생을 즐

기면서 폼생폼사로 살아가는 거죠."

"그래서 욜로족이 생긴 거야."

"나는 이해해요. 나 같아도 그렇게 살지 미쳤다고 200년을 모아서 집을 사요? 정말 웃기는 나라지요."

"그래도 웃기는 나라는 아냐. 그냥 개떡 같은 나라지."

"하하하. 그러니까 여보 더 오르기 전에 무조건 사고 보는 거예요. 이제 우리도 높은 전세금을 버틸 수도 없으니 매매로 갈아탈 수밖에 없어요. 이게 우리의 마지막 승부수예요. 이마저 안 되면 이제 우리는 저승에 가서도 집을 살 수 없어요. 물론 우리가 3년 전, 그때 샀으면 시세가 3억도 채 안 됐겠지만, 지금은 현실이에요."

"그렇지. 아파트 쟁취는 전투니까."

"그럼요 대한민국은 이제 아파트 공화국의 총성 없는 전쟁이에요."

"그래. 참, 살기 좋은 나라구나."

"그러니까 이제는 집 없는 사람은 하층민이 되는 세상이에요. 그래서 여보, 대한민국엔 불문율이 하나 있어요. 그것은 무조건 지르는 거예요. 정치하는 사람들도 봐요. 무조건 지르잖아요. 뻔뻔하게 무조건 지르고 내로남불 식으로 밀고 나가잖아요. 뭐, 아니면 말고 이런 식이니 우리도 무조건 질러야 해요. 집도 무조건 질러야 해요. 머뭇거리다가는 눈 몇 번 껌벅거리고 나면 또 올라요. 오죽하면 다른 집 잠깐 둘러보고 왔더니 고 사이에 또 수천만 원 올랐다는 집도 있다잖아요."

"그래? 하하. 참, 재미있는 소설 같은 나라야."

"그러니까 집은 사기 위해 기다리는 것이 아니라 사놓고 기다리는 거예요. 이게 지금 대한민국의 부동산 현실이라니까요."

"그래. 그건 확실히 맞아."

"여보, 그래서 우리 대한민국에 유행어가 또 하나 생겼잖아요."

"뭔데?"

"오늘이 집값이 제일 싼 날."

"그래? 하하하 근데 뭔가 짠하다. 근데 여보 우리가 지금 집을 사는 것이 너무 막차를 타는 게 아니겠지? 나는 항상 그게 제일 걱정이 돼. 막차 타면 우리 인생 조지잖아."

"여보, 또 그 소리. 그제 명준 씨도 하 사장님도 그랬다며. 집값은 무조건 계속 오른다고…."

"무조건 오른다고는 했지. 근데 전쟁 나면 집값이 폭락한대. 집값은 전쟁이 나든가 화폐개혁을 하던가 하면 폭락하고, 그러지 않는 이상은 계속해서 오른다고 했어."

"만약 전쟁이 나거나 화폐개혁이 되면요?"

"그냥 죽어야지."

"……?"

"여보, 하 사장님한테 빌리는 돈은 이자를 받지 않겠다고 했지만, 은행 대출은 원금이랑 이자 꼬박꼬박 갚아 나가야 하는데 정말 부담스럽지 않아?"

무리하게 집을 사는 것이 부담스러운 마음 약한 시경은 여전히 노파심에 또다시 아내에게 물어본다.

"아냐, 여보. 어쨌든 생활비가 좀 빠듯한 건 맞지만 내가 계속 학습지 돌리면 그 정도는 어떻게든 할 수 있어요. 요즘은 비대면 시대라 학습지 사업이 괜찮대. 여보, 내가 허리 졸라매고 꾸려나가 볼 테니. 당신은 직장에서만 잘 버티면 돼요."

"……."

"와, 이제 우리도 서울 하늘 아래 있는 아파트 집 주인이 되는 거야? 여보,

20평이지만 정말 꿈만 같아! 17년도에 샀으면 30평을 살 수 있었고, 지금쯤 대박을 쳤겠지만 다 지나간 일이고 어쨌든 지금이라고 내 집을 마련할 수 있다고 생각하니 모든 게 행복해."

"그래. 나도 이번에 크게 배운 게 하나 있어."

"뭔데요?"

"대한민국 집값은 근로소득에 맞춰 기다려주지 않는다는 것을 배웠어. 내 돈 모아 집을 산다는 것은 불가능하다는 것을 확실히 배운 거지."

"그래, 그건 맞아요. 아니, 대한민국에서는 그 말이 진리가 되어 버린 거죠."

"여보, 근데 전세금은 날짜에 맞게 줄 수 있대?"

"응. 그건 전혀 염려하지 않아도 될 것 같아요. 요즘은 워낙 전세가 품귀현상이라 부르는 게 값이니까요."

"문제는 집주인이 전셋값을 터무니없이 많이 받겠다는 욕심에 전세가 잘 안 들어올 수도 있잖아. 하도 요즘은 갭(Gab) 투자를 하는 사람들이 많아서."

"그래서 이사 갈 날짜도 좀 여유 있게 맞추면 돼요. 그러니 일단 계약을 해 놓고 전세금 받아 천천히 중도금 잔금을 주는 것도 괜찮을 것 같아요. 그리고 우리가 사서 들어갈 집도 전세라는데. 2개월 후에나 전세 사는 사람들 계약이 끝난대요. 그러니까 타이밍이 딱 맞아요."

"그렇네."

사실 서울에 있는 집을 사지 않으려고 했지만, 아내의 간절함에 시경의 마음도 조금씩 움직였다. 그리고 아내의 말에 토를 달 수 있는 입장도 전혀 아니었다.

# 12장

모처럼 기분 좋은 출근 날이었다. 어렵고 힘들었지만, 어제 집 매매 계약을 마친 상태라 오늘 아침의 출근은 그 어느 때보다도 상쾌했다. 집 문제 때문에 여러 해 동안 마음고생을 했었지만, 어제 일로 그동안 어려웠던 모든 일이 한순간 눈 녹듯이 다 녹아버린 시경의 심정은 그야말로 하늘을 날아갈 듯 가벼웠다. 오늘따라 세상의 모든 풍경이 다 아름답게 다가왔다. 출근하는 시민들의 발걸음도 가볍게 보였고, 낙엽이 한잎 두잎 떨어지는 길거리의 가로수들도 그렇게 예쁘게 보일 수가 없었다. 잠시 걸음을 멈춘 후 이른 아침의 화창한 공기를 마음껏 들이켜며 파란 하늘을 바라보았다. 더 넓은 하늘이 수채화로 다가왔다. 실로 오랜만에 여유를 가지고 올려다보는 푸른 하늘이었다. 최근 들어 하늘 한번 제대로 쳐다보지 못하며 살아왔던 자신에게 '꿈에도 그리던 내 집'이라는 새로운 세상이 있다는 것을 발견하고 나서야 비로소 자신의 가슴속에도 여느 사람들처럼 소박한 꿈이 깃들어 있다는 것을 느낄 수 있었다. 거기에다 오늘은 모처럼 찬수와 진호와 함께 술도 한잔하기로 했다. 하 사장님을 소개해준 찬수에게 톡톡히 한잔 사기로 했던 탓에 출근하는 시경의 마음은 깃털처럼 가벼웠다.

퇴근 후 모처럼 만난 찬수와 진호, 셋은 화기애애한 분위기 속에서 늘 그랬듯이 이런저런 세상 이야기를 나누며 술잔을 기울였다. 찬수와 진호가 축하한다며 술을 자꾸 권하는 바람에 시경도 쫓기듯 잔을 비울 수밖에 없었다. 안주도 제대로 먹기 전에 이미 술은 열 순배도 더 돌렸다. 마음껏 축하해 주는 좋은 친구들과 함께 분위기는 한껏 고조되어 있었다. 기분 좋게 마시는 술은 언제나 생명수의 맛이었다. 그때였다. 난데없이 시경의 아내로부터 전화가 걸려 왔다.


"여보, 어디예요?"

"어, 찬수하고 진호하고 같이…. 왜?"

"여보, 일이 터졌어요."

"아니, 왜 무슨 일인데?"

"집을 팔겠다던 그 인간이 집을 안 팔겠대요."

"뭐야? 아니, 왜?"

"집값을 더 올려 달래요."

"뭐, 미쳤어? 그런 게 어디 있어? 이미 계약까지 다 마쳤잖아."

"6억 2천에 계약까지 했는데 7억 2천으로 올리겠대요."

"아니, 무슨 개 풀 뜯어 처먹는 소리를 하고 있어?"

퇴근 후 친구들과 기분 좋게 술을 마시고 있던 찬수도, 진호도 무슨 일인가 궁금해서 술잔을 든 채로 시경에게 시선이 쏠렸다.

"매매 계약서에 액수가 다 나와 있잖아. 6억 2천…."

"집값이 너무 무섭게 오른다고. 7억 2천을 주든지 아니면 안 팔겠다는 거예요."

"아니, 그 새끼 미친놈 아냐?"

"정말 내가 못 살아요. 계약 다 해놓고 집값이 오른다고 집값을 더 올려 달라는 이런 파렴치한 인간이 어디 있어요?"

"그래서 뭐라고 했어."

"안 된다고 했죠. 그러면 우리도 못 산다고."

"그랬더니?"

"7억 2천이 안 되면 계약은 해지하겠대요."

"무슨 개뿔 같은 소리야. 어떻게?"

"집주인이 계약금을 두 배로 물면 계약을 파기할 수 있대요."

"뭐야 그런 게 있어?"

"그게 그렇대, 여보. 어떡하죠?"

"부동산 중개인한테도 물어봤어?"

"응, 그렇대. 집주인이 계약금 두 배로 변상하면 가능하대요."

"하, 미치겠네. 아니 무슨 그런 개뼈다귀 같은 법이 있어?"

"어떡하죠. 여보?"

"아이 씨, 정말 미치겠네. 뭐 그딴 파렴치한 인간이 있어. 늙은 영감탱이 노
망난 거 아냐?"

"여보, 빨리 집에 와요."

"그래, 일단 알았어."


화들짝 놀란 찬수와 진호에게 먼저 가봐야겠다고 말한 후 시경은 급히 술
집을 빠져나와 황급히 전철역으로 뛰어갔다. 한참 뛰어가다 숨이 차오르자
다시금 천천히 걸어갔다. 그런데 가만히 생각해 보니 그게 아닌 것 같았다.
술집을 나올 때만 해도 빨리 집에 가서 아내와 대책을 마련해야겠다고 생
각했지만, 막상 나와 보니 그리 급하게 집에 갈 필요가 없을 것 같았다. 아
내와 대화를 한다고 당장 해결책이 나오는 것도 아니고 그냥 되는대로 천
천히 들어가도 될 것 같았다. 하지만 여전히 속에서는 천불이 올라오면서
가슴이 터질 것 같았다.

'미친놈! 다 계약해놓고 집값이 오르고 있다고 1억을 더 내놓으라고? 세상
에 무슨 이런 더럽게 처먹은 인간이 다 있어. 아니, 그러고 이놈의 정부는

도대체 뭐 하는 거야? 자고 일어나면 집값이 오르는 이 이놈의 정부, 정말 확 엎어버리고 싶네.'

평소에 화를 잘 내지 않고 순한 시경이었지만 순간적으로 쳐 올라오는 분노를 주체할 수가 없었다.

'어휴 씨, 정말 더럽게 안 풀리네. 그때 집을 샀었어야 했는데…. 왜 자꾸 꼬이고 지랄이야. 아! 그때 아내의 말을 들었어야 했는데…. 그때 그렇게 못한 것이 평생 이런 식으로 부메랑이 되어 돌아오네…'

도대체 언제까지 아내에게 미안해야 할지 도무지 끝이 보이지 않았다.

'그래, 내가 미쳤어. 미쳐도 단단히 미쳤어.'

조금 전에 친구들과 마셨던 술이 조금씩 취기가 올라오기 시작하자 잔뜩 화가 난 시경은 더 취하고 싶었다. 빨리 취해서 자신의 머릿속을 복잡하게 하는 것들을 조금이나마 정리라도 하고 싶었다. 이미 계산까지 다 하고 나왔기에 다시 친구들에게 돌아가기도 그래서 눈에 보이는 아무 식당으로 들어가 소주 한 병을 시켰다. 지금은 술만이 자신의 마음을 이해해주고 위로해 줄 것 같았다. 요즘 힘들 때마다 자주 술을 찾던 시경은 알코올에 자꾸만 의지했다. 힘들 때마다 술을 마시며 그 힘든 현실을 잊곤 했다. 비록 잠시였지만 술을 마시는 그때만큼은 긍정적인 사고와 용기가 생기는 것 같았다. 그러나 습관적으로 자꾸만 술을 찾는 자신이 한심스럽기도 했다. 하지만 술을 마시지 않으면 자신을 이겨낼 만한 용기가 나지 않아서 더 자주 술을 마시며 세상을 잊어보려고 노력했다. 그러나 늘 그랬듯이 술이 주는 평안함은 아주 잠깐이었고 언제나 허망함으로 끝날 뿐이었다. 알면서도 술을 끊지 못하는 자신이 참으로 미웠지만, 어느덧 술은 시경의 삶에서 중요한 부분이 되어 가고 있었다.


식당 한구석에 자리 잡고 앉아있던 시경은 맥주 컵에다 술을 콸콸 따르기 시작했다. 그리고 더 취하고 싶은 속상한 마음에 술을 꿀떡꿀떡 넘기며 어느새 한 컵을 순식간에 비워버렸다. 그러고는 젓가락 잡는 것도 귀찮은지 손가락으로 김치를 한 움큼 집어 입안으로 쑤셔 넣고 아작아작 씹기 시작했다. 마치 세상에 대한 울분을 갈아 씹는 표정이었다. 이 나이까지 적지 않은 인생을 살아왔지만, 도대체 어디에서부터 무엇이 잘못되었는지 도무지 알 수가 없었다. 앞으로 어떻게 해야 할지도 도무지 감이 잡히지 않았다. 이제는 모든 것들에 대한 자신감마저 다 사라지는 것 같았다. 갑자기 미래에 대한 불안함과 두려운 마음이 들기 시작하며 뭔가 확실치 않은 불안한 세상으로 뛰어들고 있는 것만 같았다. 술잔을 든 채 허공만 바라보고 있던 시경의 눈가에서는 어느새 눈물이 그렁그렁 맺히기 시작했다. 그것은 또 다른 세상의 새로운 인생을 찾아 나서야만 하는 두려움과 자신을 향한 한없는 미움과 원망의 눈물이었다. 혼자 마시던 술에 잔뜩 취한 시경은 혼자서 한없이 중얼거리기만 하다가 밖으로 나왔다. 그리고 마냥 걷기 시작했다. 속이 터질 것 같아 술을 잔뜩 퍼마셨지만, 오늘도 술이 해결해 주는 것은 아무것도 없었다. 불현듯 화려한 도시 속에서 방황하고 있는 자신이 한없이 초라하게 느껴졌다. 수많은 네온사인이 밤거리를 휘황찬란하게 비추고 있었지만, 시경을 반기는 곳은 그 어디에도 없었다. 집 한 칸을 장만하기에도 녹록지 않은 자신의 현실을 비관할 수밖에 없는 무거운 밤은 그렇게 또 흘러가고 있었다.

# 13장

다음 날 시경은 아내와 함께 곧바로 집주인을 찾아가기로 했다. 너무나 화가 나 집주인에게 따지기 위해서였다. 하지만 어젯밤에 아내와 오랜 의논 끝에 결정한 것은 그게 아니었다. 정말 더럽고 치사하고 아니꼽지만, 그냥 고개 한번 숙이고 원래 계약하기로 한 금액을 지켜달라고 부탁하기로 마음을 바꿨다. 그런데 시경이 먼저 만나자고 연락하기 전 중개인을 통해 계약한 집주인으로부터 연락이 왔다. 일말의 양심은 있는 사람들이구나 생각하고 약속 장소에 나갔다. 그런데 어쩐 일인지 초조한 마음으로 30분을 기다려도 집주인이 나타나지를 않았다.

"아니, 당신 정신 나갔어요? 거길 왜 나가요?"

"왜라니? 설명을 해줘야지. 집값이 자꾸 오르니 그 가격엔 팔 수 없다고 설명을 해줘야지."

"아니, 그 설명을 왜 당신이 해줘야 한단 말이에요. 부동산 중개인이 하면 되지."

"중개인이 설명해줬대."

"그럼 됐지요. 결정은 그 사람들이 하는 거니까요. 우리는 나설 필요 없어요. 사든가 말든가…."

"아니, 그래도 이미 약속했는데?"

"아니, 약속을 왜 했느냐고요? 못 나간다고 중개인한테 연락해요."

"아니, 어떻게 지금 연락해?"

"어떡하긴 뭘 어떡해요. 안 나가면 되지. 나가지 말아요."

"그 사람들이 기다릴 텐데…."

"그러니까 연락하라고 하세요. 살려면 사고 안 살려면 파기한다고. 계약금도 계좌로 넣어주면 되잖아요. 괜히 서로 얼굴 붉힐 필요가 없어요."

"하여튼 당신도 보통 여자는 아냐."

"그 사람들도 참 딱한 사람들이네. 지금 대한민국에서 아파트가 곧 계급인 사회가 되어 가고 있는지를 아직도 모르는 사람들이구먼. 어디서 오라 가라 하고 있어. 재수 없게."

"당신 정말 왜 그래?"


기다리다 지친 시경과 예진이 전화를 해야 하나 말아야 하나 고민을 하고 있을 그때, 예진의 전화가 울렸다. 부동산 중개인이었다.

"채린이 어머님, 지금 막 집 주인한테서 연락이 왔어요."

"예? 뭐라고요? 아니, 우리가 지금 한 시간이나 기다리고 있는데…."

"예, 미안하게 됐다고 하면서 급한 일이 생겼다고 하네요. 그리고 집 매매 문제는 그냥 1억을 더 줄 수 없다면 팔지 않겠다고 딱 잘라서 연락이 왔어요."

"네? 아니 이게 도대체 무슨 경우인가요? 사람을 만나자고 해놓고 이제 와서…."

"참, 그렇네요. 저도 매우 당황스럽네요."

"여보, 뭐래?"

"가만 있어 봐요."

예진은 남편의 오른팔을 살짝 밀치며 중개인에게 따져 물었다.

"아니, 그 사람들 정신 나간 사람 아니에요? 어떻게 사람이 그럴 수가 있어요. 갑자기 돈을 1억이나 더 올려 달라면서 사람은 만나 주지도 않고 무슨 그런 야비한 인간들이 다 있어요."

"글쎄요, 집주인이 저런 식으로 막 나가면 저희로서도 어떻게 딱히 방법이…."

"아니, 집주인 전화번호라도 좀 주세요. 제가 직접 얘기할 테니까요."

"아, 근데 그건 좀 곤란할 것 같습니다."

"예? 아니, 왜요?"

"그 사람들이 전화번호를 밝히지 말라고 했어요. 중개인과 직접 이야기해서 1억을 더 주든지 아니면 계약 파기를 하든지 중개인이 답만 받아 달라고 했어요. 뭐, 자기들은 빠지고 싶다는 거죠."

"야, 정말 인간말종들이네요."

"죄송해요. 저로서도 어떻게 할 수가 없어서요."

"아저씨가 죄송할 게 어디 있습니까? 일단 알았어요. 저희가 어떡하든지 그 사람에게 다시 한번 연락해보겠습니다."

"하여튼 어떻게 하실 건지 빨리 연락 주세요. 참, 그리고 요즘은 매매 물건이 나오면 집구경도 마음대로 못 합니다. 순번 대기했다가 보러 가야 할 정도예요. 가능한 한 빨리 그 집을 잡으시는 것도 현명한 방법입니다. 뭐, 오전·오후 할 것 없이 집값이 올라가고 있으니까요."

"예, 일단 알았습니다."

마지막 순간까지 부동산 중개인의 염장 지르는 한 마디에 예진은 맥이 탁 풀리고 말았다. 아내의 통화를 듣고 대충 눈치를 챈 시경은 긴 한숨을 내뱉으며 한마디 던졌다.

"그래, 이게 엄연한 대한민국의 집 없는 자의 설움이지. 월드컵 축구 때 태극기의 물결을 보면서 감동의 눈물을 흘렸는데…. 대한민국 정부는 우리에게…… 서러움의 눈물만 주네, 젠장."

집 없는 설움이 이런 건가요?

다음 날 남편의 회사에 일하는 홍보부 팀장으로부터 집주인의 연락처를 쉽게 알게 된 예진이 집주인에게 메시지를 보낸 첫 마디였다.

매매 계약서 써놓고, 계약금까지 다 받은 상태에서 1억을 더 올려 달라고 하시면 저희는 어떡합니까? 1억이라는 돈을 여분으로 가지고 있는 사람이 대한민국에 얼마나 있겠습니까? 당연히 불가능합니다. 간곡히 부탁드리겠습니다. 원래대로 매매를 진행해 주시면 정말 감사하겠습니다. 은혜를 잊지 않겠습니다.

내 돈 내고 내 집을 사면서 '은혜'라는 말까지 써가며 메시지를 보낸다는 것이 너무나 어처구니가 없었지만, 이것저것 따질 때가 아니었다. 계속 전화를 받지 않아 그렇게 간곡한 메시지를 보내 봤지만, 하지만 하루가 지나도 답은 없었다. 이젠 포기하고 다른 집을 보아야 하나, 말아야 하나 남편과 한참을 대화를 나누던 중 느닷없이 집주인 아저씨로부터 한 통의 메시지가 왔다. 자신들의 전화번호를 알게 되었으니 답을 해주는 게 낫다고 판단을 했는지, 아니면 귀찮아서였는지는 모르겠지만 일단 답이 왔다. 그러나 그 내용은 아주 간단했다.

우리도 미안하게는 생각하지만 어쩔 수 없는 상황입니다. 요즘 하도 집값이 천정부지로 오르는데 어떤 바보가 그 가격에 팔겠습니까. 우리도 매물에서 빼겠습니다. 그리고 더는 이 문제로 연락을 주지 않았으면 합니다. 계속 연락을 하실까 봐 깔끔하게 마무리를 지으려고 연락을 드리는 겁니다.

예진은 얼른 답을 보냈다. 하지만 그것으로 이미 모든 거래는 끝난 상태였다. 이것이 시경의 가족의 평화를 깨는 신호탄이 될 줄은 그 누구도 알지 못하고 있었다.

# 14장

"소문 들었어?"

"뭘?"

"회사에 벌써 파다한 것 같더라."

"뭔데?"

"명퇴 명단."

"뭐? 명퇴? 명단이 나왔다고?"

"그런가 봐. 지난주에 인사과로 넘어갔대."

"우리 부서에도 있대?"

"제일 많대."

"뭐? 제일 많다고? 이야 미치겠네."

"나도 미치겠어."

"야, 나는 안 돼. 집 사야 해."

"그럼 나는 되니? 참, 슬프네. 정말."

"근데 누가 그러디?

"어디든 다 스파이가 있잖아."

"야, 미치겠네."

시경은 가슴이 철렁했다. 사정이 어려워지면서 다니는 회사가 넘어갈 것이라는 소문은 있었다. 결국, 시경이 근무 중인 회사도 별수 없이 작년에 직격탄을 맞게 되었고, 그 후 지금까지 구조조정이라는 이상야릇한 단어가 전 직원을 두려움에 떨게 했다. 아니, 그동안 가장 무서운 폭군으로 군림하고 있었다. 결국, 4개월째 접어들어서 회사는 더 큰 회사와 합병되었고 끝내 고용 승계는 제대로 이루어지지 않았다. 특히 시경은 부서의 책임자급이었기에 구조조정 제1순위였다. 회사 경영진은 70여 명의 대상자 리스트를 작성해 스스로 퇴진할 것을 권고했다. 그러나 시경은 회사의 여러 차례 감원 고비도 무사히 넘겼고, 그 후에 구조조정도 두어 차례 잘 넘겼지만 '이제는 정말 떠나야 하는 때가 오지 않았나.'라는 생각이 들었다. 15년 동안 회사를 위해 성실하게 일해 왔지만, 하루아침에 직장에서 밀려날 수밖에 없는 참담한 현실이 결국 자신에게도 오는 것이 아닌가 불안했다. 물론 자신의 이름이 구조조정 명단에 들어있다는 연락을 받은 것은 아니지만 자꾸만 자신의 이름이 있을 것 같은 예감이 자꾸만 들었다. 그 불안한 예감이 온종일 시경을 더 불안하게 만들고 있었다.

"언제 발표하는데?"

"그건 나도 모르지. 아마 월말에나 발표하지 않을까?"


숨 막혔던 하루를 어떻게 마쳤는지도 모를 정도로 정신없이 하루를 보냈던 시경은 하루 종일 가슴이 터질 것 같았다. 편의점에서 캔 맥주 몇 개를 사서 가끔 답답할 때 동료들과 찾던 한강 고수 부지로 향했다. 시경은 축 처진 몸을 이끌고 한강 둔치로 천천히 발걸음을 옮겼다. 시원한 강바람이 옷자락과 머리카락을 스치며 지나갔다. 하지만 여전히 심하게 흔들리고 있는 자신의 마음의 갈피를 잡을 수가 없었다. 강가까지 내려간 시경은 그제야 비로소 유유히 흐르는 강물 소리를 들을 수 있었다. 불빛에 비치는 강물이 유난히 반짝거렸다. 강 표면 위로 비추어지는 달빛에 하나둘씩 켜지는 아파트들의 불빛이 나타나기 시작했다. 한강에서 바라보는 화려한 불빛의 서울 야경은 여전히 아름다웠다. 동서남북 어우러지는 모든 풍경이 아름답게 다가왔다. 그러나 시경의 입에서는 끊임없는 깊은 한숨만 터져 나왔다.

'마음껏 회사를 위해서 열심히 일하고 싶지만, 그마저도 그리 쉽지 않은 가장의 삶이 이런 것인가. 대한민국에서 집 하나 없는 아버지로 살아간다는 것이 바로 이런 것인가.'

이런저런 생각에 긴 한숨과 함께 어느덧 시경의 눈가에는 눈물이 배어 나오기 시작했다. 손등으로 자신의 눈물을 닦으며 단숨에 맥주 한 캔을 들이켰다. 요즘 들어 자신의 일상이 송두리째 바뀌어 버린 것 같았다. 뭔지 모르게 모든 것들이 서서히 정지되어 가고 있는 것 같았다.

얼마후 한강 고수 부지를 떠나 복잡한 전철을 타고 집으로 향하던 시경은 머리가 터질 것 같았다. 전철에 내려서 세 정거장의 버스를 타지 않고 늘 집까지 걸어 다니던 시경은 오늘따라 걸을 힘조차도 없었다. 버스를 탔다. 퇴근길에 물에 젖은 솜처럼 축 늘어진 손님들의 모습을 보면서 시경은 자신의 인생을 보는 것 같았다. 의자에 털썩 주저앉았다. 시경도 물에 젖은 솜처럼 축 늘어지고 말았다. 달리는 차창 밖으로 비치는 수많은 불빛들이 피곤하고 지친 시경의 육신을 더욱더 지치게 했다. 버스 안에서 노래가 흘러나왔다. 대한민국의 모든 직장인들이 공감하는 처량한 노래 '남자의 인생'이었다.


어둑어둑 해 질 무렵, 집으로 가는 길에

빌딩 사이 지는 노을

가슴을 짜—안하게 하네.

광화문 사거리서 봉천동까지

전철 두 번 갈아타고

지친 하루 눈은 감고 귀는 반 뜨고

졸면서 집에 간다.

아버지란 그 이름은 그 이름은

남자의 인생.


그냥저냥 사는 것이, 똑같은 하루하루.

출근하고 퇴근하고

그리고 캔 맥주 한잔.

홍대에서 버스 타고 쌍문동까지

서른아홉 정거장.

운 좋으면 앉아가고 아니면 서고.

지쳐서 집에 간다.

남편이란 그 이름은 그 이름은

남자의 인생.

그 이름은 남자의 인생.


자신의 처지를 이야기하는 것 같아 노래를 듣던 시경의 두 눈은 금세 벌게졌다. 그러다 곧 뺨을 타고 눈물이 주르륵 흘러내리고 말았다. 시경은 눈물을 얼른 옷소매로 닦았다. 창문 틈으로 들어오는 11월의 찬 공기가 몸을 더욱더 움츠러들게 했다.


"아빠, 할 이야기가 있어요."

일요일의 나른한 오후 시간, 교회에서 돌아온 채린은 식탁에 앉아 심각한 이야기를 나누고 있는 아빠와 엄마에게 대뜸 한마디를 던졌다.

"뭔데?"

“아빠, 나 사실 연대 수시모집에 원서를 냈어요.”

“……”

호통을 치실 줄 알고 단단히 마음먹고 이야기를 끄집어낸 건데 아빠는 아무 말이 없었다. 집을 사지 못하게 된 것도 모자라, 그제 갑작스러운 명퇴 명단 소식까지 접한 시경은 충격에서 벗어나지 못했는지 평소와는 다르게 말이 없었다.

“아빠, 나 정말 원서 냈다고.”

두 눈을 열심히 깜빡이기만 하던 시경은 깊은 한숨을 내쉬더니 잠시 후

“그래. 엄마한테 들었다.”

예전 같았으면 노발대발하실 아빠가 갑자기 차분하게 말하자. 유난히 큰 눈망울을 끔벅거리던 채린도 내심 놀라는 표정이었다.

“여기 좀 앉아 봐라.”

그때 남편의 눈치를 살짝 보던 예진이가 이때다 싶었는지 얼른 끼어든다.

“그래 여보, 이왕 이렇게 된 거 그냥 허락해 주자고요. 아니 채린이가 아르바이트하면서 공부하겠다잖아요.”

“아빠, 절대로 아빠한테 손 안 벌일 테니까…. 나 정말 그 대학에 가고 싶단 말이야. 아빠….”

“아르바이트? 공부는 언제 하고 이것아.”

“내가 죽도록 한다니까요. 아빠, 송화랑 지혜도 그리고 교회 다른 친구들도 다 거기에 원서를 냈단 말이에요.”

“교회 친구들 몇 명도 그랬다니 그냥 보내요. 내가 학습지 다시 돌리면 되잖아요.”

“아니, 교회 친구는 친구고 너는 너지. 걔들이 간다고 너도 꼭 가야 해? 연세대학교 등록금이 얼만지나 알아? 그것도 공대, 생명공학과니까 얼마나

비싸? 입학금 빼고 1년 등록금만 천만 원 가까이 돼. 그런 대학교를 왜 가려는지 이해가 안 돼서 그래. 공부하면서 아르바이트로 그 많은 등록금을 번다는 게 가능하다고 생각해? 불가능해. 물론 아빠도 좀 도와주기는 하겠지만…."

"아빠, 나는 정말 그 대학에 꼭 가고 싶단 말이야."

"집안 형편이 안 되니까 그렇지. 그나마 등록금이 싼 인문대학도 아니고 말이야. 막말로 이번에 우리도 영끌해서 집을 사야 하는데 부모가 돼서 등록금도 제대로 보태 주지 못하면 아빠 입장이 뭐가 돼. 아빠로서 얼마나 미안해. 그래서 그러는 거야. 그래서 내가 전액 장학금을 주는 포항공대로 가라는 거야. 포항공대가 얼마나 좋은 대학인지 알아?"

"여보, 채린이가 중학교 때부터 꼭 그 대학교에 가고 싶다고 했잖아요. 그래서 지금까지 목표를 두고 여기까지 온 거고요. 또 들어가서 장학금도 좀 받을 수가 있을 거고……. 제발 지가 원하는 데 보내자고요. 어떤 부모는 자식이 일류 대학에 못 들어가서 난리인데 우리 채린이는 갈 수 있는데도 왜 안 보내겠다는 거예요?"

"아니, 난들 SKY에 가겠다는 딸을 왜 보내기 싫겠어. 채린이가 연세대학교에 들어가면 딸 자랑도 하고 나도 얼마나 신바람이 나겠어. 나도 정말 좋아."

"그러면 그렇게 하면 되잖아요."

"아니, 포항공대도 좋잖아. 학비도 한 푼 안 내, 또 장학금도 100% 주고, 거기에다 기숙사비 1년에 100만 원 정도 만 내면 다 먹여주고 재워 주지. 그리고 본인이 원하면 100% 포스코에 다 취직되지. 이것보다 더 좋은 데가 어디 있어? 답답해서 그래."

"몰라요. 나도 모르겠어요. 당신이 주식만 안 했어도."

"또또, 그 소리."

"아니, 어떤 자식은 그런 좋은 대학에 들어가지 못해서 안달인데 도대체 당신은 무슨 염치로 막아요……. 어휴. 속상해 정말."

또다시 엄마와 아빠가 감정이 조금씩 격해지기 시작하자 속상한 채린은 말없이 자기 방으로 들어가 버렸다. 그제야 채린이가 방으로 들어간 것을 알아차린 마음 약한 시경은 엉거주춤 소파에서 일어나 채린의 방문을 두드리며 딸을 불렀다. 하지만 굳게 잠겨있는 방문은 쉽게 열리지 않았다.

"채린아. 채린아…."

집 문제와 갑작스러운 회사의 명퇴 문제 때문에 머리가 복잡해서 딸에게 내뱉은 말들이었지만 제대로 삼켜지지 않는 마음은 어쩔 수가 없었다.

# 15장

핸드폰 진동 소리가 요란하게 들려왔다. 시경은 잠결에 짜증을 내며 스마트 폰을 들여다보았다. 새벽 5시였다. 어떤 정신 나간 인간이 새벽에 이 난리를 치는가 하는 마음으로 전화기를 다시 보니 102동에 사는 조 팀장이었다. 시경은 눈은 반쯤 뜨고 오만상 인상을 찌푸리며 전화를 받았다.

"장 과장님. 큰일 났어요."

"어, 조 팀장. 이 시간에 웬일이야?"

"장 과장님! 집주인이 도망갔어요."

"어…? 도망? 집주인? 노원구 집주인?"

"아이참, 그게 아니고요. 우리 집 주인요."

"우리 집 주인이라니?"

"하 참, 지금 우리가 사는 전셋집 주인 말이에요!"

"아니, 도대체 무슨 이야기를 하는 거야? 집주인이 왜 도망을 가?"

"저랑 과장님이 사는 전셋집을 담보로 대출을 받는데 사업이 쫄딱 망해서 잠적해 버렸대요."

"뭐, 잠적?"

비몽사몽 잠결에 전화를 받던 시경은 집주인의 잠적이라는 말에 정신이 번쩍 들었는지 벌떡 일어났다. 전화기를 얼른 왼손으로 옮기며 순식간에 목소리를 키웠다.

"그럼 전세금은?"

"지금 전세금이고 나발이고 다 날아가게 생겼다니까요."

"아니, 그런 게 어딨어? 전세금이 날아가다니. 너 미쳤어?"

"아니, 장 과장님 제가 미친 게 아니고요. 그 새끼가 미쳤다고요."

"어? 어, 그래. 그 새끼는 지금 어딨는데?"

"아이참, 형님도! 그걸 저한테 물으면 어떡해요. 지금 빨리 좀 만나야겠어요."

시경은 갑자기 땅이 툭 꺼지면서 하늘이 무너져 내리는 것 같았다.

"아니, 미친놈의 새끼. 근데 누가 그래?"

"어젯밤에 은행에서 아내한테 전화가 왔나 봐요."

"뭐, 은행에서? 뭐라고?"

"제가 어제 회사에서 야근하느라 늦게 들어왔는데 아내가 그러더라고요. 집주인과 언제 마지막 연락을 했느냐고요. 그리고 두 달째 연락이 안 된다고요. 경찰도 정확한 진상을 파악하고 있다나요."

"하, 미치고 환장하겠네. 무슨 세상에 이런 일이 있어."

"무슨 전화야, 여보?"

남편의 시끄러운 목소리에 잠이 깬 예진은 부스스 눈을 뜨며 반쯤 일어나 남편을 바라보았다.

"여보, 사건이 터진 것 같아?"

"어? 무슨 사건?"

"튀었대. 집주인이 우리 전세금 들고튀었대."

화들짝 놀란 예진은 이불을 걷어차며 벌떡 일어나더니 달려들 듯이 남편의 왼쪽 손목을 불끈 붙잡았다.

"여보 뭐라고? 아니, 자세히 말해봐."

"아니, 가만있어 봐. 지금 조 팀장한테서 전화 온 거야."

"그래서……?"

"집주인이 잠적했대."

"뭐라고?

집주인이 잠적했다는 소리에 소스라치게 놀란 예진은 순식간에 온몸을 부들부들 떨기 시작했다. 그 순간 갑자기 어제 은행에서 방문했던 사람이 생각났다.

"여보, 맞아. 어제 은행에서 누가 찾아왔었어."

"뭐? 우리 집에도?"

"어이, 조 팀장. 어제 우리 집에도 은행에서 누가 찾아왔다는데."

"그래요? 장 과장님, 일단 만나서 얘기해야 할 것 같습니다."

"그래. 일단 6시에 아파트 앞 사거리 스타벅스로 와."

"예, 알았습니다."

전화를 끊은 시경은 아내를 뚫어지게 바라보며 물어봤다.

"여보, 어제 은행에서 누가 왔을 때 그 사람들이 뭐라고 했어?"

"응, 어제 누가 초인종을 누르길래 누구냐고 했더니 은행에서 나왔다면서 여기서 전세로 살고 있느냐고 물어보기에 그렇다고 대답했지. 그리고 집주인과 언제 마지막 연락을 했느냐고 물었어. 은행원이 노트에 뭔가를 쭉 적더니 다시 연락을 주겠다고 한 후 바로 갔어. 여보, 그래서 어떻게 됐다는 거야? 그럼 우리 돈은 어떻게 되는 거야?"

"돈이 문제야, 전세금이 문제야. 지금 빨리 알아봐야겠어."

"아니, 어떻게 이런 일이? 전세금이 얼만데! 그 돈이 없어졌다고?"

갑자기 예진은 방바닥에 풀썩 주저앉고 말았다. 남편의 말조차도 의식할 수가 없었다. 가뜩이나 위염이 심한 예진의 얼굴에서는 순식간에 땀이 비오듯이 쏟아지기 시작했다.

"여보, 왜 그래? 정신 차려."

"아니야, 그럴 리가, 그건 아니야. 이 세상이 무너져도 그 돈은 아니야, 여보."

"여보, 우선 냉정해져야 해. 어쨌든 돈은 어떤 방법으로든 찾을 수가 있을 거야."

"안 돼, 여보. 그 돈 없으면 나는 죽어. 안 돼 여보."

"여보, 걱정하지 마. 일단 해결책이 있을 거야."

"안 돼."

그때 갑자기 예진이가 아득한 나락으로 떨어지는 듯 하늘을 향해 두 팔을 허우적거리며 울부짖기 시작하더니 결국 땅바닥에 쓰러지고 말았다. 놀란 시경은 순식간에 바닥에 쓰러진 아내의 어깨를 부둥켜안고 마구 흔들어대기 시작했다. 그러나 아내의 표정은 순식간에 일그러지고 있었다. 얼굴이 하얘지면서 급기야 호흡곤란 증세를 일으키기 시작했다. 시경은 큰 소리로 아내의 이름을 부르며 외쳤다.

"여보, 여보! 정신 차려, 여보."

그러나 시경의 외침에도 끝내 예진은 의식을 잃고 말았다. 혼비백산 놀란 시경은 혼절한 아내를 보면서 얼굴이 새파랗게 질리기 시작했다. 시경도 제정신이 아니었다.

"채린아! 채린아!"

급기야 건넛방에서 자는 채린을 크게 불렀다.

"채린아, 엄마가 쓰러졌어. 빨리 나와 봐, 빨리!"

시경은 미친 듯이 딸을 불렀다. 채린이가 다급한 아빠의 목소리를 들은 것은 잠결의 고요한 외침이었다. 깜짝 놀라서 깨어난 채린은 급하게 엄마에게 달려갔다.

"엄마! 엄마!"

"채린아 빨리 119에 연락해. 엄마가 쓰러졌어."

금방 사태를 파악한 채린은 엄마에게 다가갈 겨를도 없이 119에 전화를 걸었다.

"여보세요. 큰일 났어요. 여기 우리 엄마가 쓰러졌어요. 빨리 와 주세요. 빨리요. 빨리."

전화를 끊은 채린이가 화들짝 놀라 엄마를 끌어안았을 때는 이미 온몸이 뜨거워지기 시작했다. 온몸은 축축한 땀으로 흥건히 젖었고 이미 정신은 혼미한 상태에 빠져 있었다. 거기에다 호흡마저 조금씩 빨라지고 있었다.

"엄마. 정신 차려, 엄마아."

채린은 엄마의 얼굴을 흔들며 깨웠지만, 의식을 잃은 예진은 눈도 제대로 뜨지 못한 채 이미 양팔과 다리는 축 늘어져 있었다.

"여보! 정신 차려. 채린아 빨리 수건에 찬물 적셔와."

"알았어, 아빠."

가장 가까운 병원 응급실에 도착했을 때는 이미 이십여 분이나 지체된 후였다. 응급실로 급히 들어가는 복도 너머로 점점 멀어지는 아내의 모습에 시경은 자신의 몸을 가눌 수가 없었다. 간신히 병원 복도의 벽을 잡으며 걸어가던 시경의 얼굴도 점점 일그러지기 시작했다. 아내의 갑작스러운 혼절과 전세금이 어떻게 될지에 대한 극도의 스트레스가 함께 뒤섞이면서 시경에게 엄청난 공포와 함께 불안으로 다가오기 시작했다. 결국, 시경은 응급실 복도 의자에 털썩 주저앉아 버리고 말았다. 그렇게 응급실 입구에서 안절부절 기다리는 시간은 그야말로 아득한 절망 속에 빠져 기다리는 두려움의 시간이었다. 이미 아빠와 채린의 얼굴은 눈물로 흠뻑 젖어 있었다. 담당 의사가 시경에게 온 것은 그로부터 또 한 시간이 훌쩍 지난 후였다. 채린은 떨리는 손으로 다짜고짜 의사 선생님의 오른팔을 덥석 붙잡았다.

"선생님, 어떻게 됐어요?"

채린은 다급하게 물었다.

"선생님, 어떻게 된 거죠? 그냥 놀란 거죠?"

시경도 다급하게 물었다.

은행에서 우리에게 알려준 사건의 전말은 이랬다. 집주인은 두 채의 아파트를 소유하고 있었는데 한 채는 시경에게, 다른 한 채는 직장 후배 되는 조팀장에게 전세를 주고 있었다. 그런데 집주인이 두 달 반 동안 아무런 연락 없이 자취를 감췄다는 것이다. 은행에서 조사한 바로는 이미 필리핀으로 출국을 한 것 같다고 했다. 그리고 지금 세입자들에게도 이렇다 할 단서도 찾지 못하는 상황이라고 했다. 그런데 문제는 집주인이 사업이 어려워지면서 전세로 준 집을 담보로 융자를 얻었다는 것이다. 그러나 사업이 계속해서 어려워지자 마지막엔 집을 담보로 받을 수 있는 최대한의 대출을 받아 연락을 끊어 버린 것 같았다. 그렇게까지 대출을 받을 수 있었던 것도 결국 집값이 폭등했기에 가능한 일이었다. 결국, 집주인은 사업이 부도나면서 눈덩이처럼 불어난 은행 빚을 갚을 수가 없게 되자 종적을 감추었다. 물론 집이 경매로 넘어가는 것은 자연스러운 수순이었다.

'아니, 어떻게 이런 일이 있을 수가 있단 말인가?'

사실 계약 당시 전세 사기가 기승을 부린다고 해서 시경은 아내와 함께 잔금을 치르기 전에 분명히 근저당이 없는 집이라는 사실을 미리 확인했었다. 혹시나 해서 마지막 잔금을 치르는 날에도 집주인과 부동산을 만나 당일 자로 등본을 한 번 더 출력해 확인한 뒤 계약을 완료했다. 거기까지는 좋았다. 그런데 일은 아주 엉뚱한 데서 터져 버렸다. 한마디로 말해 집주인은 사업 때문에 사정이 어려워지자 은행에서 깡그리 받을 수 있는 데까지 아니, 집이 오른 시세까지 최대한으로 담보로 대출을 받았다. 그리고는 그 돈을 몽땅 사업체에 다 꼬라박은 것이다. 결국, 밑 빠진 독에 물 붓기 식의 사업체는 공중분해가 되어버렸고 아파트는 경매에 넘어갈 위기에 처했다. 그 사람이 마지막까지 엄청난 액수의 큰돈을 대출할 수 있었던 것도 그 2년 동안 집이 두 배 이상으로 폭등했기 때문에 가능했던 것이었다. 그 2년 사이에 세입자 시경의 가족들은 하루아침에 길거리로 나앉도록 시간을 만들어 준 꼴이 되어버린 것이다. 하지만 시경과 예진을 더욱더 미치게 만든 것은 그 짧은 시간에 집값이 폭등하도록 만들어 준 정부였다.

그런데 사건은 여기에서 끝난 것이 아니었다. 시경이 노원구에 집을 사는 일은 이미 결국 물거품이 되어 버린 상태였기에 이제 곧 전셋집도 비워 주어야만 했다. 그야말로 당장 갈 곳이 없어지게 되어 버린 것이다. 지금 사는 전세 아파트에 압류가 들어올 때까지 그냥 살아야 하는지 말아야 하는지 모든 것이 막막하게 되었다. 그런데 그것보다 더 막막한 것은 무엇보다도 일단 집주인이 잠적했기에 전세금을 받을 수 있는 길 자체가 사라져 버린 것이었다. 그런데 그 와중에 다행인 것은 며칠이 지난 후 놀라운 것을 알게 되었다. 그것은 집주인이 야반도주 얼마 전에 집을 어떤 지인에게 이전을 해줬다는 것이었다. 사실은 깡통보다 못한 집이었지만 계속해서 집값이 오를 것이라고 확신하고 이전받은 모양이었다. 한 가닥의 희망이 보였다. 그야말로 먹구름이 잔뜩 낀 하늘에 한 줄기의 빛이 찾아온 것 같았다. 그래도 전세금을 돌려 달라고 할 수 있는 누군가가 생겼으니 천만다행이었다. 급히 변호사를 찾았지만, 변호사의 말이 가관이었다. 우리들의 사기(士氣)를 완전히 꺾어 버리고 말았다.

"아무리 임차인들이 사기(詐欺)를 당했다는 사실을 빨리 인지하고 소송으로 간다고 하더라도 제일 먼저 아셔야 하는 것은 상당히 높은 변호사 선임비가 든다는 것입니다."

"예? 아니, 얼마나요?"

"적은 액수가 아닙니다. 그런데 선임비도 선임비지만, 이런 경우에는 승소할 가능성이 매우 낮습니다."

"예? 왜요?"

"설사 어렵게 임차인이 승소한다고 할지라도 전세금 100%를 모두 받아 낸다는 것은 불가능합니다. 그리고 임차인의 피해 금액은 일반적인 경제사범들의 피해액보다 적기 때문에 가해자에게 높은 형량이 나오지 않을 뿐만 아니라, 부동산 중개인 역시 솜방망이 처벌로 끝나는 것이 대부분입니다."

"아니, 무슨 법이 그래요?"

"만약 이것이 대출 사기라면 제가 얼마든지 소송을 걸라고 말씀을 드리겠는데, 이것은 지급 능력이 없는 사람이 된 것이라 쉽지 않다는 것입니다."

결국, 결론은 전세금을 돌려받는다는 것은 거의 불가능하다는 것이 변호사의 판단이었다. 그리고 변호사가 한마디 더 던져 주었다.

"물론 이런 경우는 전세 사기라고 단정 지을 수는 없지만, 사람들이 왜 저런 것도 모르고 사기를 당하냐고 하는 건 사정을 몰라서 하는 말입니다. 전세 사기는 임차인이 멍청해서가 아니라, 사기 치는 임대인들이 너무 영악하기 때문입니다. 그러니까 이 대한민국이라는 나라가 양심이 없는 게 아닙니다. 한 마디로 도둑놈들이 너무 많은 거죠. 얼굴도 잘 모르는 세입자들에게 폭탄을 던지는 임대인은 정말 천벌을 받아야 하지요."

상담이 끝난 후 막 일어서려던 시경에게 변호사는 한마디 더 던졌다.

"혹시 법조계에 조금이라도 잘 아시는 분 계신가요?"

"네…? 아뇨, 없는데요."

"예, 그냥 한번 물어봤습니다. 혹시나 해서요."

순간, 시경은 '비닐봉지 같은 백이라도 하나 있어야 세상을 살 수 있구나.'

라는 생각이 들었다. '오히려 아는 사람이 없는 것이 잘 되었구나.'라는 생각도 들었지만 서글픈 생각은 쉽사리 가시질 않았다.

'그래, 맞아. 힘없는 서민은 당해도 여전히 힘이 없는 거야.'

병원에 입원만 하려고 해도 수위 한 분이라도 알면 금방 병상이 생긴다는 말이 실감 나는 순간이었다.


사실 노원구에 집을 사는 일이 물거품이 되어버렸을 때 이미 시경과 예진은 육체적으로 정신적으로 만신창이가 되어 있었다. 열심히 살아가려고 하는 대한민국의 평범한 국민의 서러움을 뼈저리게 당하고 정부를 그렇게도 원망했었는데 또다시 전혀 예상치 못한 곳에서 훨씬 더 큰 일이 터져버렸다.

'도대체 어디서부터 잘못된 것일까?'

아내와 함께 아니, 내 사랑하는 두 자녀와 함께 내 집 하나 없이 살다가 그나마 여기저기 빌린 돈으로 이제 방 한 칸 정도의 언저리만이라도 우리의 소유가 될 줄 알았는데. 비록 나머지는 은행 소유의 집에 살더라도 전세금과 이사 걱정을 덜 수 있는 내 집을 장만하는 것이 우리들의 조그만 행복이었고 작은 소원이었는데. 그 자그마한 공간마저도 이제는 가질 수가 없게 되었다는 것에 대한 분노는 그야말로 시경과 예진의 심장을 도려내고 있었다.

'어떻게 이럴 수가!'

그토록 꿈꾸어 왔던 소박한 작은집 하나의 소망은 한순간에 처참한 현실이 되고 말았다. 갑자기 자신의 인생도 끝났다는 절망감이 시경의 육체를 잠식해 나가기 시작했다.

# 16장

예진은 이틀 정도 병원에 입원했다가 퇴원을 했다. 다행히 큰 병은 아니었다. 갑작스러운 충격 때문에 위경련으로 인한 쇼크가 찾아온 것이었다. 예진은 회복을 위해 집에서 안정을 취하고 있었다. 채린이가 온종일 엄마 곁에서 간호한다고 했지만, 실상은 안정이 아니라 전세금이 날아갈 거란 생각에 괴로워하고 있었다. 예진은 쉽게 잠을 이룰 수가 없었다. 눈물을 흘리며 자신의 가슴에 그 무엇을 채우려 해도 채워지지 않는 억울함뿐이었다. 눈을 뜨고 있으면 솟구쳐 오르는 눈물을 참기 위해 아랫입술을 힘껏 깨물기를 수백 번, 이제는 앞뒤를 생각할 수 없을 정도로 절박한 상황이 되었다. 가족들이 오갈 데 없는 처지가 된 것을 여자로서 도저히 견뎌 낼 수가 없었다. 너무나 힘들어하던 예진이 안방 문을 걸어 잠그고 소리 없이 울기 시작 한지도 어언 일주일째였다. 그러나 문틈으로 새어 나오는 예진의 울음소리는 오늘도 집안의 구석구석으로 스며들고 있었다.

시경은 베란다 의자에 쪼그리고 앉아 연신 담배를 피워 댔다. 집 안 전체가 한없이 깊은 수렁으로 가라앉는 것만 생각하면 가슴이 미어지도록 아파 왔다. 시경은 눈물이 나올 것 같아서 몇 번이고 고개를 쳐들고 하늘을 올려 다 보았다. 그러나 자꾸만 흘러내리는 눈물은 주체할 수가 없었다. 속절없이 흘러내리는 눈물을 쉴 새 없이 옷소매로 닦아 냈다. 어젯밤부터 내리기 시작한 비가 새벽녘부터 진눈깨비로 변하더니 아침이 되어서도 멈출 기세가 보이지 않았다. 오후가 되자 차가운 바람과 함께 내리던 무거운 진눈깨비가 유리창 틀을 거세게 몰아붙이면서 아파트 창문을 짓누르고 있었다. 시경의 마음도 파란만장했던 난마의 서러움이 끝없이 밀려오고 있었다. 담

배 연기를 길게 내 뿜던 시경은

'아! 모든 것이 결국 이렇게 되고 마는구나.'

참담한 심정으로 혼자 중얼거렸다. 노원구에 집을 사려고 계약을 했을 때만 해도 소박하지만 큰 꿈에 부풀었다. 아내와 채린이가 외할머니 집으로 쫓기듯 가야 한다는 생각은 상상도 하지 않았다. 처음엔 집을 살 좋은 기회를 놓친 것이 아깝기는 했다. 그러나 갑자기 전세 사기꾼이라는 무서운 저승사자가 하필이면 우리의 가정에 쳐들어와 행복했던 우리 가족의 영혼과 육체를 사정없이 뚫어 버리게 될 줄은 상상도 하지 못했다. 생각하면 할수록 오장육부가 쓰라리고 저렸다. 조그만 간이의자에 앉아서 담배를 피우고 있던 시경은 갑자기 다리의 힘이 풀리면서 베란다 바닥에 풀썩 주저앉고 말았다. 난간을 간신히 붙잡아 봤지만, 아무것도 의식할 수가 없었다. 그때 시경을 일어서게 하는 한 음성이 들려왔다.

"그래, 너거딜 을매나 힘들었겠노. 빨리 정리해서 일단 우리 집으로 다 들어 오너래이."

오갈 데 없게 된 이 상황에 대구에서 혼자 사시는 장모님의 안타까운 음성이 들려왔다. 베란다 난간을 잡으며 간신히 일어서려던 시경의 얼굴은 또다시 슬픔으로 일그러지기 시작했다. 4년 전 자신 앞에 놓여있었던 선택지를 잘못 고른 실수 하나가 비극적인 운명으로 돌아오고 있었다. 어젯밤에도 속울음을 쏟아내며 하얗게 밤을 지새웠는데 앞으로 언제까지 이런 삶을 살아가야 할지 시경의 마음은 속절없이 무너지고 있었다.


별 뾰쪽한 방법이 없었다. 전셋집을 비워주고 급한 대로 월세방으로 이사가는 수밖에. 그러나 상황은 뜻대로 되지 않았다. 월세는 어떻게 낸다 하더라도 보증금이 만만치 않았다. 게다가 이사 철이 아니라 그런지 적당한 가격에 나온 집을 찾기도 어려웠다. 겨울이 막 시작된 터라 당장 이사라도 못

갈까 봐 피가 바싹바싹 마르는 것 같았다. 하루에도 몇 차례씩 공인 중개사 사무실에 전화를 걸어 볼 집이 있느냐고 물었지만 폭등하는 전세도, 이사 철이 지난 사글세도 거의 다 자취를 감추었다는 것이다. 그럴 때마다 아내의 원망에 찬 목소리가 들려오는 듯했다. 그 어느 때보다도 원망에 찬 목소리였다. 20년을 함께 살아오면서 힘들 때도 있지만 남편에게 큰 불평을 늘어놓은 적이 별로 없었던 아내의 목소리가 귓가를 떠나지 않았다. 정말 아내에 대한 미안함이 평생의 짐으로 남을 것 같아 시경은 미칠 것만 같이 괴로웠다. 요즘 뉴스를 보면 몇 년 사이에 집값이 가파르게 상승하면서 그리고 경제가 어려워지면서 스스로 목숨을 끊는 사람들이 많아졌다. 어제도 또 자살 뉴스가 나왔다. 목동의 한 아파트에서 남편이 아내를 살해하고 투신하는 비극적 사건의 이면에도 부동산 가격의 폭등으로 좌절된 내 집 마련의 꿈 때문이었다고 한다. 집을 매입하지 못한 것을 두고두고 후회하면서 왜 그때 집을 사지 않았느냐고 남편에게 따지던 아내의 말이 결국 부부싸움으로 번졌고, 남편은 홧김에 아내를 칼로 찌르고 투신했다는 내용이었다. 시경은 뉴스의 내용이 마치 자신의 이야기 같아 감당할 수 없었다. 언론에 보도되는 사연을 보면 안타깝지 않은 사람들은 하나도 없었다. 내 집 한 칸을 마련하지 못해 절망에 빠져 있던 남편이 자살하자 견디지 못하던 아내도 뒤따라 죽은 일도 있었다. 오갈 데 없는 자녀들은 결국 친척 집으로 뿔뿔이 헤어졌다는 것이다. 남의 일이 아니었다. 우리들의 이야기였다. 정말 가슴이 아팠다. 그럴 때마다 그들이 자살을 선택할 수밖에 없는 상황을 충분히 이해할 수 있었다. '혹시 나도?'라는 불안한 생각을 떨칠 수가 없었다. 그러나 시경은 생각만 할 뿐 그것을 행동으로 옮길 수가 없었다. 그가 죽은 후에 아내와 가족에게 남겨주어야 할 짐이 너무나 크다는 것을 잘 알기 때문이었다.

정말이지 시경은 사태를 이 지경까지 만든 집주인이 너무나 원망스러워서 견딜 수가 없었다. 하지만, 집값이 이렇게도 가파르게 상승하도록 집값 하나 제대로 잡지 못하는 지금의 무능한 정부가 그렇게도 미울 수가 없었다. 외삼촌의 말대로 보수라서 민주당이 싫지만, 집값이 자꾸 올라가니 그것만큼은 좋다고 속으로 웃는 사람들의 심정을 알 것 같았다. 아니, 왜 수많은 서울시민이 민주당을 더 지지하는지도 알 것 같았다. 어두운 회색으로 뒤덮인 하늘을 쳐다보니 쉴 새 없이 쏟아져 내리는 무거운 진눈깨비는 좀처럼 그칠 것 같지가 않았다. 새하얀 눈송이도 아닌 무거운 진눈깨비마저 시경의 마음을 한없이 짓누르고 있었다.

# 17장

시경은 아내에게 지방 출장을 간다고 말 한 후 무작정 한 지방 도시로 내려왔다. 출장이 있어서가 아니라 너무 힘들어 마음을 다잡아 보려고 무작정 뛰쳐나온 것이었다. 타고 온 10년 된 승용차를 모텔 주차장 한 곁에 놓고 시내 쪽으로 가기 위해 무작정 걸어가기 시작했다. 한참을 걸어가던 시경은 몇 번이고 옷깃을 여미며 총총걸음으로 걸었다. 시내 중심가에는 거리 곳곳에 반짝이는 조명으로 밝아지기 시작했다. 화려한 불빛과 빠르게 움직이는 차들을 보자 더욱더 심한 현기증이 일어났다. 건물 사이로 불어오는 바람은 끝나가는 겨울바람처럼 시경의 차가운 마음을 더욱 움츠러들게 했다. 이미 그는 갈 곳 없는 삶의 중심에서 철저히 지배당하고 있었다. 정해진 시간도 없었다. 그냥 열심히 걸었다. 그야말로 모든 것이 텅 빈 자유였다. 아무리 생각해 보고 또 생각해 보아도 앞날이 캄캄한 것밖에 없었다. 이제는 세상도 다 무너져 버린 것 같았다. 그나마 가졌던 마지막 희망도 다 사라져 버렸다. 도무지 무슨 방법이 떠오르질 않았다. 갑자기 분노가 치밀어 올라왔다. 순간 억울한 생각이 들면서 자기도 모르게 또다시 욕이 튀어나왔다.

"이 개 같은 새끼!"

시경에게 전세금 3억은 생명과도 같은 큰돈이었다. 평생을 일하며 자식 둘을 키우며 힘들게 모은 돈이었다. 시경의 입에서는 참을 수 없는 오만 감정들이 폭발하며 평소의 그답지 않게 입에 담지 못할 천박한 욕들이 터져 나오기 시작했다. 자신을 이 꼴로 만들게 한 모든 연관된 사람들에게 내뱉는 욕이었다. 그런데 이상했다. 욕을 하면 할수록 더 악에 받치며 아무리 욕을 해도 분이 풀리지 않았다.

"아아악!"

급기야 시경은 두 손으로 자신의 머리카락을 쥐어뜯으며 소리를 질렀다. 많은 사람이 오가는 큰길가에서 고함을 지른 자신의 목소리는 자신이 들어도 소름이 끼칠 정도로 기분 나빴다. 시경은 피우고 있던 담배를 힘차게 빨았다. 그러고는 자신을 향해 '이 등신 같은 새끼야!'라고 외치는 듯이 연기를 거세게 내뿜었다. 그러나 아무리 소리를 질러도 자꾸만 욕이 목구멍까지 차 올라왔다. 억울한 눈물이 사정없이 뺨을 타고 흘러내렸다. 최악의 경우 당분간 장모님 집에 가면 되지만 당장 갈 곳도 없게 된 아내와 아이들을 생각하면 가슴이 미어져 죽어 버릴 것 같았다. 그래도 전셋집이었지만 내가 살 집이 있을 때는 고마움을 몰랐는데 이제는 그것조차도 없어졌다고 생각하니, 생존 자체에 목숨을 걸어야 하는 지금의 이 현실이 참담함을 넘어 처참했다. 시경은 자꾸만 터져 나오는 울음을 목젖 깊은 곳까지 꾹꾹 눌렀다. 그러나 속절없이 터져 나오는 눈물은 그칠 줄을 몰랐다. 눈물이 앞을 가려 더는 걸을 수가 없었다. 잠시 버스 정류장에 멈추어 섰다. 한참 동안 서러운 눈물을 쏟아내던 시경은 자기를 다그치며 겨우 울음을 멈춘 후에야 밤하늘을 볼 수가 있었다. 여전히 수많은 별이 그냥 떠 있을 뿐이었다. 시경은 얼른 자신의 목을 옷깃 안으로 쑤셔 넣은 채 차가운 거리를 또다시 걷기 시작했다.

어느덧 날은 어두워지고 있었다. 우선 허기라도 채워야 할 것 같아 근처 눈에 띄는 해장국 집으로 들어갔다. 해장국 한 그릇과 늘 그렇듯이 소주 한 병을 시켰다. 도저히 맨정신으로 버틸 수가 없었다. 소주 한 병을 급하게 마시고 또다시 한 병을 더 시킨 후 두 잔을 연거푸 더 마셨더니 술이 조금씩 오르기 시작했다. 이제는 술 없이는 버틸 수가 없을 것 같았다. 그나마 술이 조금은 위로해 주며 자신을 버티게 해 주는 것 같았다. 그러나 마실수록 불안하고 두려운 마음은 떨쳐버릴 수가 없었다. 어느덧 소주 두 병을 다 마시고 세 번째 병의 반절 정도를 마시니 온몸에 술기운이 퍼지면서 제법 취기가 돌기 시작했다. 그러나 정신은 갈수록 또렷해지고 있었다. 하지만 머릿속은 점점 무거워지며 깨질 듯이 아파 왔다. 소주 세 병을 다 마신 후 밖으로 나왔다. 늘 그렇듯이 길거리에는 여전히 많은 사람이 바쁘게 오갈 뿐이었다. 그 바쁘게 오가는 사람들을 바라보고 있으니 갑자기 그들과 함께 경쟁하며 살아갈 자신이 없을 것 같았다. 두려웠다. 아무리 생각해 보아도 자신의 삶은 실패한 인생 같았다. 아내가 병원에 들어간 후 그렇게도 울었는데도 또다시 눈물이 터질 것 같았다. 갑자기 목이 메며 아내의 얼굴이 떠올랐다.

'당신 우리가 이 전세금 3억을 어떻게 장만했는지 알기나 해요? 당신이 가져오는 변변치 못한 월급을 쪼개고 쪼개서 먹을 것 마음대로 못 먹고, 입을 것 제대로 못 입으며 온갖 고생 다 해서 마련한 우리 집 전 재산이잖아요. 집값이 엄청나게 오른 사람들은 3억을 껌값이라고 말하겠지만 실제로 3억이 얼마나 큰 돈이에요? 우리가 이 돈을 모으는데 얼마나 긴 세월을 고생했어요. 이 돈이 어떤 돈인지 당신도 잘 알잖아요. 내가 정말 서운한 건 3년 전에 그렇게 집을 사자고 했을 때 내 말은 그렇게도 안 듣더니, 나 몰래 주식 하겠다며 자기 마음대로 결정하고 나의 의사는 전혀 존중하지 않았다는 거예요. 결혼하고 20년 동안 살면서 아파트 한 채 장만해 보려고 고생고생하면서 살아온 나의 마음을 전혀 이해해주지 않았다는 속상함이 얼마나 큰지 알기나 하냐고요? 그런데 지금 이게 뭐예요? 물론 당신이 3억이라는 돈을 사업해서 다 말아 먹은 것은 아니지만 결국 그때 집을 사지 못한 결과가 이렇게 엄청난 부메랑이 되어 돌아왔잖아요. 나는 그게 제일 억울하다고요. 그때 그냥 못 이기는 척, 내 말만 듣고 집을 샀더라면 이런 일이 없었잖아….'

'미안해 여보. 이렇게까지 집값이 미친 듯이 뛸 줄은 나도 몰랐잖아.'

'그래요. 몰랐겠지. 모르면 잠자코 가만히나 있지 왜 집을 사겠다는 나를 그렇게도 말렸냐고요. 집 하나 장만하겠다고 아등바등 여기까지 왔는데…. 이제 우리 손에 남은 게 뭐가 있어요? 채린이 대학도 보내야 하는데 어떡하란 말이야, 수현이도 대학교 복학도 못 하고 저렇게 택배 사업 한다고 고생하고 있는데 이제 우리는 어떡하란 말이에요.'

원망에 찬 아내의 목소리가 사정없이 시경의 귓전을 때리고 있었다.

왜 그렇게 고집을 부렸을까? 뭐가 그리 잘났다고 무리해서라도 집을 사자는 아내의 말에 끝까지 고집을 피웠을까. 그것도 모자라 아내에게 큰소리까지 쳤을까? 아니, 왜 내가 별것도 아닌 일에 나의 자존심까지 운운하면서 아내와 싸웠을까? 그때 아내의 말을 마지못해 듣는 척이라도 했더라면 지금 이렇게까지 비참한 꼴은 당하지 않았을 텐데…….

끝없는 후회와 회한이 밀려왔다. 자신이 아내를 이 지경까지 오도록 만들었다는 자책감에 앞으로 인생을 어떻게 살아가야 할지 이제는 자신이 서지 않았다.

'미안해, 여보. 사실 당신에게 너무 미안해서 더는 미안하다는 말도 제대로 나오지 않더라.'

하늘에는 아름다운 수많은 별이 시경을 반기듯 쏟아져 내렸다. 아름답다 못해 찬란했다. 그러나 시경이 바라보는 별은 더는 아름답고 찬란하지 않았다. 형언하기조차 어려운 두려움의 그림자로 보일 뿐이었다. 가슴이 터져버릴 것 같은 분노가 밀려들었다. 멀리 보이는 아파트에 불이 켜져 있는 수많은 집을 바라보았다. 창밖으로 비추는 불빛이 그렇게도 아름다울 수가 없었다. 성냥갑처럼 보이는 조그만 공간 하나하나가 사랑하는 가족을 담아놓은 소중한 그릇처럼 보였다. 환하게 불이 켜진 따뜻한 공간 안에서 사랑하는 가족끼리 미래를 꿈꾸며 행복을 만들어나가고 있을 것을 상상하니 또다시 눈물이 왈칵 쏟아졌다. 오순도순 가족이 식탁에 모여 앉아 단란

한 식사를 했던 시간이 눈물겹도록 그리웠다. 밤기운은 더욱더 차갑게 느껴져 왔다. 점점 힘이 빠져나갔다. 몸도 마음도 지친 탓인지 이제는 모든 생각조차 멈춰버렸다. 마지막 남아 있는 정신줄마저 다 놓아버릴 것 같았다. 쇼윈도에 비치는 자신의 모습이 한없이 초라하게 느껴졌다. 도대체 이날 이때까지 뭣하고 살아왔는지, 가슴을 찌르는 듯한 고통이 시경의 내부에서 소용돌이치기 시작했다. 자신이 인생을 잘못 산 것인지, 세상이 자신을 버린 것인지 이유를 알 수 없었다. 한참을 걷던 시경은 아직 치우지 않은 편의점 밖에 있는 간이 테이블을 발견하고는 플라스틱 의자에 털썩 주저앉았다. 오래 걸었더니 그렇게 편할 수가 없었다. 소주 세 병을 마셨지만 정신은 말짱했다. 말짱한 정신조차도 싫었다. 아니 견딜 수가 없었다. 편의점에 들어가 소주 한 병을 구매하고 안주도 없이 병 채로 꿀꺽꿀꺽 들이켰다. 술이 식도를 타고 짜르르 내려오면서 잠시 기분이 좋은 듯했다.

'아, 그동안 내가 뭘 했단 말인가?'

자신이 노력해서 될 일이라면 무엇이든지 하겠지만 노력한다고 될 일이 아니라는 것을 너무나 잘 아는 시경은 대한민국에서 무주택자로 살아가는 것이 얼마나 힘들고 고통스러운 일인지, 이 시점에 와 보고서야 뼈가 저리도록 깨닫게 되었다. 한참을 중얼거리던 시경은 자신이 처한 지금의 현실을 완전히 인정하기 시작했다.

'시경이 이 새끼야. 너는 못난 새끼야. 아주 형편없이 못난 새끼야…'

그 순간 또다시 눈물이 왈칵 터져 나오더니 급기야 폭풍처럼 눈물이 쏟아져 나오기 시작했다. 지나가는 사람들조차도 의식할 수 없던 시경은 결국엔 큰 소리로 목 놓아 통곡하기 시작했다.

"엉엉엉엉……."

슬퍼서도 아니었고 억울해서도 아니었다. 그저 가슴 깊은 곳에서부터 하염없이 솟구쳐 올라오는 눈물이었다. 시커먼 구름이 온 세상을 캄캄하게 뒤

덮어 버릴 것 같은 처절한 심정의 눈물이었다.

'그래, 모든 일이 이렇게 된 것은 내가 미련한 바보였기 때문이었어. 내가 정말 어리석은 짓을 했던 거야.'

"흑흑흑흑."

한참을 울다가 지쳐버린 시경의 가슴속 깊은 곳에서는 형언할 수 없는 뜨거운 분노와 잔인한 적개심이 끝없이 치밀어 올랐다. 그러나 그것도 잠시, 자신이 해야 할 일이 구체적으로 떠올랐다. 그리고 선택의 시간을 가지는 데는 그리 긴 오랜 시간이 필요치 않았다. 슬픔과 분노, 그에게 다가온 절망과 좌절은 구체적인 결론을 쉽게 내리도록 만들었다. 모든 길이 막혔을 때 남아 있는 한 가지의 유일한 길은 '그것'이라는 생각이 갑자기 시경의 뇌를 스쳐 갔다.

'그래, 어쩌면 그것이 최선일지도 몰라.'

비록 나에게도 많은 모순과 결점 그리고 넘지 못할 장애들이 있었지만,

그래도 나는 대한민국의 평범한 시민으로서 지금까지 모든 것들을 잘 극복해 나가며 열심히 살아왔다.

남편으로서, 아버지로서 누구나 반복되는 일상 속에서 살아가는 삶이 무의미하게 느껴질 때도 있었지만

나 또한 그런 삶을 잘 견뎌 왔다.

결국, 내 곁에 있는 모든 것들이 다 지워져 버린다 할지라도

가장 뚜렷하고 선명하게 남는 것은 가족밖에 없다는 것을 알게 되었으며, 나 자신의 가정만이 삶의 원천이 되고 내가 살아야 할 이유라는 것도 최근에 와서야 알게 되었다.

가정에서 기쁨과 행복을 추구하는 만큼 모든 공허와 부족함이 채워진다는 것도, 오직 가정만이 거짓 없는 진실로 나를 받아주고, 위로하고, 행복하게 할 수 있음도 알게 되었다.

그러나 그러한 가정을 이루어 나가기 위해서는 외적인 부분이 얼마나 중요한지, 그것이 바로 온 가족들이 행복하게 쉴 수 있는 장막이었다는 것도 비로소 깨닫게 되었다.

그러나 그것도 잠시, 이제 겨우 제자리를 찾아가는가 싶었던 나의 두 번째 인생에서 전혀 예상치 못했던 복병을 만나며 모든 것이 물거품이 되기 시작하면서부터 이미 예견되었던 운명처럼 닥쳐오기 시작했다.

이 세상은 여전히 아름답고 살만한 세상이었지만 시경에게는 모든 것이 정지되는 순간이었다. 오직 한 가지의 선택만이 기다릴 뿐, 더 버텨야 하는 존재적 가치마저도 점점 상실되어가고 있었다. 51년 동안 인생의 틀 안에 담아 두었던 자신의 모습이 진짜가 아닌 허상이었다는 것을 비로소 깨닫게 되었다. 그동안 숨 가쁘게 살아왔던 시경의 모든 눈물과 땀, 그리고 앞으로 열심히 노력하며 살아가기로 했던 삶에 대한 의지가 일시에 정지되는 순간이기도 했다. 결국, 그것은 인간의 본성을 파괴하는 폭력이었다. 몹시 술에 취한 시경은 다시금 자신의 차가 있는 모텔을 향해 아주 천천히 걸어갔다. 밤기운이 뚝 떨어진 겨울에 들려오는 모진 바람 소리마저 시경을 더없이

차갑게 만들고 있었다. 아내에 대한 그리움도 이제는 영원히 안아 줄 수 없는 차갑고 적막한 긴 겨울밤이 되어 휘영청 달빛만이 시경을 비추고 있었다. 불안했던 예진의 예감은 점점 맞아떨어져 가고 있었다. 예상하지 못한 곳에서 시경의 인생은 거센 폭풍 속으로 빠져들고 있었다.

# 18장

경찰로부터 남편이 교통사고가 났다는 전화를 받은 후 예진은 부엌 식탁 의자에 털썩 주저앉아 버리고 말았다. 머릿속으로 짜릿한 통증이 확 지나 갔다. 시꺼먼 줄 수만 개가 머리를 강하게 때리는 것 같은 충격이 닥쳤다. 함께 밥을 먹던 채린이는 깜짝 놀라 얼른 숟가락을 팽개친 후 '엄마 왜 그 래?'라고 외치며 엄마의 양팔을 잡았다.

"아빠가."

"아빠가 왜?"

"교통사고가 났대."

"어디서? 어떻게 됐대? 많이 다쳤대?"

예진은 깜짝 놀라 속사포처럼 묻는 딸을 진정시키기 위해 얼른 정신을 차 렸다. 그리고 채린이를 꼭 끌어안았다.

"괜찮대? 어떻대?"

"지금 병원으로 이송했대."

"어디 병원에?"

"충남 아산병원이래."

"충남? 아산? 아빠가 아산에는 왜?"

"어떡해⋯⋯. 채린아."

"엄마, 도대체 어느 정도래?"

그러나 예진은 더 대꾸할 기력이 없었다. 불안함이 마구 밀려들기 시작했 다. 며칠 전부터 자꾸만 불안해하던 남편의 이상한 행동이 하나씩 떠오르

기 시작했다. 조금 전 통화로 남편 이야기를 들었을 때만 해도 먹먹한 느낌
으로만 전해졌던 것이 갑자기 불안과 절망, 그리고 복잡한 생각으로 뒤엉
키기 시작했다.

'자살일 수도 있다고?'

그 말이 더 큰 충격으로 다가왔다. 그러나 더 불안해할 것 같아 채린에게
는 자살이라는 말은 꺼내지 않았다.

예진은 급히 외삼촌에게 연락해 함께 충남 아산병원으로 허겁지겁 향했다.

"수현이는?"

외삼촌이 운전하면서 물었다.

"지금 택배 배달하느라 저녁에 마치고 곧바로 온대요."

"수현이가 고생이 많구나. 복학도 해야 할 텐데……."

뿌연 안개 탓인지 고속도로가 많이 밀렸다. 예진은 속이 터져 죽어버릴 것
만 같았다. 다급한 마음으로 아산시 톨게이트로 빠져나간 후 외삼촌은 아
산시의 정확한 지리를 몰라 충남 아산병원으로 네비게이션의 목적지를 찍
었다. 아산삼성요양병원과 아산병원 두 곳이 떴다. 당연히 요양병원은 아닐
거라는 생각에 아산병원을 향해 차를 달렸지만, 큰 건물이 보여야 할 곳에
는 또 다른 요양병원이 있었다. 다시 충남 아산병원으로 시도했지만 아무
리 다시 시도해도 자꾸만 다른 병원 이름이 떴다. 다급한 마음에 네비게이
션에서 병원 이름을 찾던 외삼촌은 더욱더 초조해하기 시작했다. 예진은
숨이 막혀 죽을 것만 같았다.

"아니, 이게 어떻게 된 일이지? 아산시에 아산병원이 왜 안 뜨지?"

모두 마음은 급한데 병원으로 가는 길을 알 수가 없었다. 그때 채린이 얼른
자신의 스마트폰으로 병원을 찾기 시작했다. 그리고는 냅다 소리를 질렀다.

"할아버지, 여기가 아니야."

"뭐라고?"

"충남 아산병원이 아산에 있지 않아. 충남 보령시에 있다고 나와요."

"뭐? 아산병원이 보령시에?"

"네 분명히 충남 보령시라고 나와 있어요. 빨리 보령으로 차를 돌려야 해요."

"그래? 아이쿠, 이거 큰일 났네."

"보령시 아산병원으로 치세요."

"그래, 알았어. 아니, 그런데 아산병원이 아산에 있지 않고 보령에 있는 건 또 뭐야. 이거 미치겠네."

"정말 웃기는데요."

"아니, 충남 아산병원 그러면 아산에 있는 줄 알지, 누가 보령에 있는지 알겠어?"

"그렇죠? 보령 아산병원이라고 해야 하는 거죠."

"젠장, 급하니 별것이 다 속을 썩이네. 젠장."

예진은 그제야 전화했던 경찰이 보령경찰서라고 했던 것을 떠올렸다. 경황이 없어 보령이라는 말은 생각지도 못하고 그냥 충남 아산병원으로 알고 아산에 있다고 생각했다. 하지만 놀라서 가슴을 쓸어내고 있던 외삼촌과 채린에게 대꾸할 기력조차도 없었다. 불길한 마음이 예진의 머리를 한없이 복잡하게 만들었다. 남편이 어느 정도 다쳤으며, 상태가 심각한지, 막상 병원에 가면 뭘 어떻게 해야 할지, 아무것도 결정이 안 된 상태에서 안타까운 신음만 흘렸다.

'보령엔 왜 갔어? 부산으로 출장을 간다고 해놓고선 보령엔 왜 간 거야?'

예진의 심장은 터질 듯이 뛰고 있었다. 예진은 남편이 부산이 아닌, 생각지도 못했던 보령까지 갔다는 사실이 아직도 믿기지 않았다. 안절부절 불안한 마음만 자꾸 앞서갔다.

다시금 급히 방향을 돌려 허겁지겁 보령시 아산병원에 도착했지만, 남편이 응급실로 들어간 지 한참 지난 상태였다. 마침 응급실 입구에는 통화에서 들은 대로 조사차 기다리던 경찰관 한 명이 대기하고 있었다. 한눈에 가족임을 알아본 그는 먼저 인사를 건네 왔다.

"혹시 장시경 씨 가족이세요?"

"예, 제가 아내 되는 사람입니다."

"저는 보령경찰서 교통계 권태완 경사입니다."

"아, 네. 정말 감사합니다…."

"아닙니다. 남편분께서는 사고 직후 곧바로 응급실로 실려 갔습니다."

"상태가 어느 정도인가요? 생명에는 지장이 없는 거죠?"

"아직 담당 의사가 나오지 않아 잘은 모르겠습니다만, 상태가 그리 썩 좋지는 않은 것 같습니다. 구급차를 타고 올 때까지만 해도 간간이 '여보'라는 말을 하는 것 같았는데 병원에 도착할 즈음에 조금씩 의식이 불투명해지며 무척 고통스러워했다고 합니다. 그렇지만 별 큰일은 없을 거예요. 너무 걱정하지 마시고 일단 여기 앉아서 기다리세요. 좀 있다가 몇 가지 좀 여쭤볼 게 좀 있습니다."

"네, 무슨 질문인데요?"

"우선 안정을 좀 취하세요. 저희가 병원 안내 데스크에 가서 확인을 좀 한 후에 다시 오겠습니다."

집주인이 전세금을 들고 잠적했다는 말에 실신한 적이 있는 예진이기에 외삼촌과 채린은 그녀의 양팔을 단단히 붙잡고 있었다. 아빠의 상태가 어느 정도인지 모르는 채린도 아빠의 갑작스러운 응급실행에 안절부절, 그야말로 정신을 차리지 못하고 불안에 떨기 시작했다. 응급실 전문 의사가 응급실을 나온 건 예진이가 병원에 도착한 지 거의 두 시간이 지났을 무렵이었다. 의사를 보는 순간 예진의 가슴은 시한폭탄처럼 뛰기 시작했다. 온몸의 힘이 빠지면서 다리가 후들후들 떨렸다. 예진은 입술이 바짝 타오르는 걸 느꼈다.

"선생님, 어떻게 됐습니까?"

예진은 다그치듯 의사에게 물었다.

"상태가 어느 정도죠? 위험한 건 아니죠, 그렇죠?"

예진이가 다급하게 묻자 아무런 말도 하지 않던 의사는 깊은 한숨만 내쉬었다.

"선생니임……."

이것저것 생각할 겨를도 없이 예진의 눈에서는 어느새 눈물이 주르르 흘러내렸다. 입을 꾹 다문 채 말이 없는 의사에게 예진은 참지 못하고 조금은 달려들 듯 목소리를 높였다.

"선생님, 말씀 좀 해주세요. 일단 죽지는 않는 거죠?"

예진은 피가 바짝바짝 마르는 것 같았다. 침묵을 지키던 담당 의사는 고개를 절레절레 흔들더니 이윽고 무겁게 한마디 내뱉었다.

"상당히 큰 사고를 당하신 것 같습니다. 외상과 내상이 너무 심합니다."

"그러니까 생명에는 지장이 없는 거죠? 그것부터 좀 말씀해 주세요, 제발."

예진은 따지듯이 물었다.

"지금으로서는 상황이 썩 좋지가 않다는 말씀밖엔……."

60대 초반으로 보이는 의사는 상당히 심각한 표정을 지었다. 예진은 금방이라도 쓰러질 것만 같았다. 갑자기 병원 안이 빙빙 도는 것 같았다. 금세 사태가 심각하다는 것을 느낀 예진은 남편의 생사가 가장 궁금했다. 의사의 말을 기다리지 못하고 또다시 다그치듯, 이번에는 더 큰 목소리로 물었다.

"어쨌든 생명에는 지장이 없는 거죠? 죽는 건 아니죠? 살 수는 있는 거죠?"

예진은 앞뒤 생각 없이 말했다. 의사의 약간 화난 표정은 마치 살아날 가능성이 희박하다는 말로 들려왔기 때문이었다. 그러나 어쩔 줄 몰라 하며 의사의 입술만 바라보고 있는 가족을 향해서 그는 이내 부드럽고 차분한 어조로 말을 이어갔다.

"현재로선 여러 군데 정밀 검사를 해봐야 정확한 결과를 알 수 있겠습니다만, 타박상에 의한 상처들이 워낙 크고 CT를 찍어봐야 하기에 아직은 뭐라고 정확히 말씀드릴 수 없는 상황입니다. 환자분이 머리를 아파하는 것 같은데 피가 새는지 가능한 한 빨리 검사하는 게 급선무인 것 같습니다. CT 결과를 보고 나서야 어느 정도의 상황을 말씀드릴 수 있을 것 같습니다. 그나마 다행한 것은 아주 희미하게 의식이 돌아온 것 같기는 합니다……."

의사 선생님이 차분한 어조로 말하자 가족들은 그제 서야 조금 마음을 놓을 수가 있었다.

"그러면 선생님, 지금 그이를 좀 볼 수는 없을까요?"

"곧 중환자실로 옮길 겁니다. 원래 중환자실의 면회 시간이 제한되어 있지만, 며칠 동안 남편을 못 보셨다고 하시니 환자를 볼 수 있는 시간을 잠시 드리도록 하겠습니다. 그러나 환자의 안정을 위해 절대로 흥분하거나 소리를 지르시면 안 된다는 것을 꼭 명심해주시기 바랍니다. 말도 걸지 마시고요."

"네, 잘 알겠습니다. 선생님, 고맙습니다. 정말 고맙습니다."

지금 당장 남편을 볼 수 있다는 사실에 예진은 위중한 상태도 잊은 듯 흥분했다. 그때 간호사가 왔다. 절대로 환자 앞에서 흥분하지 말라는 부탁과 함께 병실의 문을 조심스럽게 열어 주었다. 그러나 예진과 채린은 미친 듯이 뛰어 들어갔다.

"여보!"

"아빠!"

두 사람의 목소리가 동시에 터져 나왔다. 목이 메어 아무런 말도 할 수 없는, 그야말로 소름 끼치는 전율이 흘렀다. 심히 떨리는 마음으로 아주 조심스레 다가가던 예진은 침대에 누워 있는 남편을 보는 순간 발걸음을 뗄 수가 없었다. 그 자리에 주저앉을 듯 휘청인 예진은 두 손으로 입을 막으며 끝내 울음을 터뜨리고 말았다. 순식간에 눈물이 펑펑 쏟아지기 시작했다. 시경의 온몸에는 셀 수 없을 만큼 수많은 주삿바늘이 꽂혀 있었고 산소 호흡기와 함께 여러 개의 관도 함께 연결되어 있었다. 주삿바늘 때문인지 왼손은 퉁퉁 부어 있었으며 온통 시퍼렇게 멍들어 있었다. 그리고 왼팔과 오른쪽 다리는 아예 깁스를 한 채 침대에 묶여 있었다. 목과 이마 그리고 오른쪽 다리는 하얀 붕대로 칭칭 감겨 있었다. 붕대 사이로 여기저기 얼룩진 핏자국이 선명하게 보였다. 그러나 진통제를 먹고 이제 막 잠이 들었는지 표정은 아주 편안해 보였다. 침대 머리맡으로 달려간 예진과 채린은 상처투성이 얼굴을 보는 순간 삶과 죽음의 갈림길을 오간 흔적이 고스란히 남아 있음을 금방 알 수 있었다.

"세상에, 이럴 수가!"

예진은 부르르 떨리는 손으로 몸과 마음 그리고 영혼까지도 상처투성이로 변해버린 남편의 얼굴을 천천히 그리고 살며시 만져보았다. 그때 예진은 나지막한 남편의 속삭임이 들려오는 듯했다.

"여보! 나예요. 당신 아내 예진이에요."

"아빠! 나 채린이야. 아빠 딸 채린이가 왔어."

아주 조심스럽게 나지막이 불러보았다. 뒤따라 들어온 외삼촌도 안쓰럽게 시경을 쳐다보며 자그만 소리로 불렀다.

"장 서방! 나야, 외삼촌이야. 아이구, 어떻게 이 지경까지……."

차마 시경의 몰골을 쳐다보지도 못하던 외삼촌은 줄곧 천장만 응시하며 흘러나오려는 눈물을 애서 억누르고 있었다. 그때였다. 가족의 인기척 때문이었는지 시경의 속눈썹이 파르르 떨리기 시작했다. 남편의 눈동자가 아주 조금 보였다.

"앗, 여보! 나예요."

예진은 남편의 오른팔을 두 손으로 조심스레 잡았다. 그러나 시경은 입술만 파르르 떨 뿐 아무 말도 하지 못했다.

"아빠, 나야. 채린이야."

예진의 가슴은 터질 것만 같았다. 그때 시경의 입에서 아주 작은 목소리가 흘러나왔다.

"미. 안. 해."

아주 나지막한 소리였지만 감격에 떨린 목소리였다. 그러나 그 소리는 거의 들리지 않았다.

"아니에요, 여보."

남편의 눈에서 눈물 한줄기가 뺨을 타고 주르륵 흘러내렸다. 예진도 '여보'라고 부르며 남편의 어깨를 감싸 안았다. 그리고 남편의 뺨에다 자신의 뺨을 살짝 갖다 대었다. 남편의 얼굴은 이미 흘러내린 눈물로 얼룩져 있었다. 예진은 남편의 양쪽 뺨을 자신의 두 손바닥으로 어루만지며 계속해서 눈을 맞추어 나갔다. 남편의 눈에서는 쉴 새 없이 눈물이 흘러내렸다. 남편의 눈물 위에 예진은 자신의 뺨을 갖다 대고 비벼대기 시작했다. 영원히 떨어지지 않을 것처럼 비비고 또 비볐다.

"여보, 이젠 됐어. 다 괜찮아요. 우리 다시 시작할 수 있어요. 빨리 일어나기만 하면 돼요."

"아빠!"

붕대를 감지 않은 아빠의 오른손을 꼭 잡고 자신의 뺨에다 비비던 채린의 눈에서도 닭똥 같은 눈물이 쉴 새 없이 뚝뚝 떨어졌다. 그제야 시경은 자신이 살아 있음을 실감했는지 아내와 채린을 쳐다보며 아주 힘들게 눈을 끔벅거렸다. 애써 울음을 참으며 옆에서 안타깝게 바라보던 외삼촌도 조금씩 정신이 돌아오는 시경을 보며 기쁨에 들떠 말했다.

"아이고, 장 서방. 나야 나. 이제 좀 알아보겠어? 다행이야. 그래, 이 정도면 이제 됐어."

파르르 눈을 떨던 시경도 눈동자를 조금 움직이고 있었다. 그러나 몸을 바짝 기울여도 남편의 목소리를 들을 수는 없었다.

"그래, 됐어. 이젠 모든 것이 다 잘됐어."

살아서 돌아온 것만으로도 기적인 만큼 더 할 수 없이 기쁜 순간이었다. 시경의 손을 꼭 잡은 예진은 남편의 귀에 자신의 입술을 갖다 대며 조그맣게 말했다.

"여보, 고마워요. 이렇게 다시 살아와 줘서 정말 고마워요. 여보…."

하지만 시경은 여전히 말이 없었다.

"여보. 이제부터는 당신이 내 옆에 있어 주면 돼요. 그냥 우리 옆에 있어 주기만 하면 돼요."

예진은 남편이 살아 있는 것만으로도 꿈을 꾸는 것 같았다. 이제는 슬픔과 이별의 아픔, 그리고 앞으로 남아 있는 삶의 어떤 고통도 가족의 몫이 아닐 것이라는 사실에 무한한 감사의 마음이 들었다. 아빠의 눈에 고인 눈물을 닦아주던 채린도 같은 마음이었다.

하지만 그때 시경은 갑자기 고통스러운 표정을 지으며 얼굴을 찡그렸다. 또다시 머리에 통증이 찾아온 것이다.

"여보! 여보!"

때마침, 남편이 고통을 호소할 때 담당 간호사가 들어왔다. 특별 면회 시간이 끝났으니 빨리 나가 달라는 것이었다. 남편이 머리가 아프다고 하니 좀 더 있으면 안 되느냐고 부탁해 봤지만, 알아서 조치할 테니 빨리 나가 달라고 했다. 인간적인 따뜻한 모습을 전혀 찾아볼 수 없는 간호사의 차갑고 사무적인 말이 무척이나 서운했지만 살아 돌아온 남편의 얼굴을 본 것으로나마 큰 위안으로 삼고 병실을 나올 수밖에 없었다. 중환자실 복도 의자에는 보호자들이 옹색한 자세로 앉아 있었다. 하나같이 어두운 표정이었다. 흡사 패잔병들 같았다. 예진도 병원 분위기에 괜히 숙연해지며 눈시울이 뜨거워졌다. 갑자기 삶에 대한 의욕과 생명에 대한 경외심이 생기는 듯했다. 의자에 쪼그려 앉아 뜬눈으로 밤을 지새우던 예진은 이른 아침 깜빡 잠이 들었다. 그때 누군가의 다급한 목소리가 들려왔다. 간호사가 급히 예진을 깨우는 소리였다. 갑자기 남편의 상태가 좋지 않다는 것이었다. 담당 의사가 새벽에 머리가 아파 몸부림치는 시경에게 여러 가지 검사를 하던 중 아무래도 뇌에 또 다른 이상이 있는 것 같다며 빨리 수술을 해야 할 것 같다고 했다. 좀 전에 담당 과장과 외과 의사에게 연락했으며 도착하는 즉시 순서와 관계없이 수술해야 한다는 것이었다.

"도대체 뭐가 어떻게 잘못됐나요?"

"글쎄요. 선생님의 이야기는 뇌에 이상이 있는 것 같다고만 하셨는데 저희도 아직 정확히는 잘 모르는 상황입니다. 하지만 수술은 가능한 한 빨리해야 할 것 같다고 하셨습니다."

급박하게 돌아갔던 지난밤 이후 남편이 수술실로 들어가기까지 많은 시간이 걸리지 않았다. 워낙 수술이 급하다는 당직 의사의 권유를 듣고 온 담당 과장은 약물 검사 몇 가지를 거친 다음 무조건 수술 시간을 더 빨리 앞당기라고 했다. CT 촬영 검사는 30분이 채 되지 않아 결과를 들을 수 있었다. 뇌 속 후두 정부에 큰 출혈이 생겼다는 것이었다. 의료진은 더는 시간을 지체할 수 없는 상황이라며, 외상선 뇌 손상 수술 관련 동의서 설명과 함께 수술 동의서에 서명을 부탁했다. 놀란 예진은 한순간에 맥이 풀렸다.

"수술 성공 확률은 얼마나 되나요? 위험한 수술은 아니죠?"

예진은 다짜고짜 의사에게 물었다.

"지금은 어떤 말로도 단정할 수 없습니다. 뇌 속에 피가 얼마나 고였는지 그리고 계속 피가 새어 나오고 있는지 모르는 상태이기 때문에 일단 수술을 해봐야 알 수 있을 것 같습니다."

"그렇지만 선생님, 그래도 대충이라는 게 있잖아요. 짐작으로 아니, 확률 정도는 알 수 있잖아요."

"글쎄요. 저희도 그걸 알면 좋겠지요. 그러나 아직은……."

"선생님, 부탁이에요. 그냥 대충이라도 말씀 좀 해주세요. 답답해서 숨을 못 쉬겠습니다. 선생님!"

예진도 간절한 마음으로 사정하듯이 물었다. 그렇게라도 묻지 않으면 금방이라도 쓰러질 것만 같았다. 이미 예진은 흡사 바람에 흔들리는 낙엽처럼 흐느적거리고 있었다.

"네, 보호자 분의 심정은 이해합니다. 그렇지만 뇌수술은 큰 수술이라 무조건 확률로 말하기가 참 어렵습니다. 일단 차분히 기다려 볼 수밖에요."

"하지만, 선생님!"

그러나 마음이 급해진 의사도 이미 수술 동의서를 들고 저만치 문밖으로 나가고 있었다. 예진은 억장이 무너지는 것 같았다.

"어떡해, 엄마. 아빠가 잘못되면 어떡해?"

"예진아, 침착해. 이럴 때일수록 네가 침착해야 해."

외삼촌이 예진의 양팔을 부여잡으며 진정하라고 달랬지만 그 말이 예진에게 들려올 리 없었다. 아무 소리는 들리지 않았고 이미 감정마저 죽어있었다.

"어떡해. 그 사람 수술 잘못되면 어떡해. 외삼촌, 나 어떡해?"

"예진아."

그때 갑자기 예진이 감정이 폭발했는지 전혀 예상 밖의 말들이 마구 터져 나왔다.

"당신 도대체 뭐야? 무슨 의사가 그렇게도 모르는 게 많아! 당신 의사잖아. 의사가 겨우 그 정도밖에 말 못 해? 그런 말은 나도 할 수 있어. 나도 그런 말은 할 수 있단 말이야!"

그야말로 예진도 억지를 쓰거나 발을 동동 구르는 것밖에는 아무것도 할 수 없었다. 그러나 상황이 급박하게 돌아가고 있다는 것을 아는 예진과 채린은 누군가에게 기도라도 해야겠다는 생각이 들었는지 누가 먼저랄 것도 없이 두 손을 모으고 기도하기 시작했다. 평생 단 한 번도 기도해본 적 없었던 예진의 입에서 가장 먼저 터져 나온 말은 '하나님'이었다.

"하나님, 우리 그이를 살려주세요. 제발 좀 살려 주세요. 염치없이 두 번, 세 번 부탁하지 않겠어요. 한 번, 단 한 번만 우리 불쌍한 남편 살려주시면 이제부터 하나님을 믿겠어요. 정말 하나님이 살아 있다면 불쌍한 이 사람에게 기적을 베풀어주세요."

그야말로 예진의 기도는 결사적이었다. 이미 교회를 다니고 있는 채린은 간절히 기도하고 있었다.

"하나님! 우리 아빠를 불쌍히 여겨주세요. 제발 한 번만 우리 아빠를 살려 주시는 은총을 베풀어주세요. 하나님의 긍휼하심이 우리 아빠에게 임할 수 있도록 도와주시기를 간절히 기도합니다."

채린은 평소에 기도하던 대로 하나님에게 간절히 기도를 드렸다.

# 19장

사랑하는 아내 예진아.


불안함과 절망, 그리고 복잡한 생각들이 외로움으로 변하여
지금은 나를 많이 힘들게 하고 있다.
어쩌면 다시 만날 수 없을지도 모르는 운명이라 생각하니
오늘따라 당신이 사무치도록 더 그립고 보고 싶구나.
그런데 이렇게 당신이 그리울 때는 내가 너무 밉고, 너무 원망스러워.
20년 동안 함께 했던 당신과의 삶 속에서
소중한 것들이 참 많았는데 말이야.


하지만 이제는 돌아갈 자신이 없을 것 같다.
내가 원하지 않았지만 세상은 저만치 가버렸고
나에게 찾아온 것은 허상밖에 없다는 걸 알게 되었어.
아무리 인생이 고해라고 하지만
현실과의 벽은 점점 커지고 '내 인생이 이것밖에 안 되나?' 하는 나약한 생
각만 자꾸 들어서
오늘따라 내가 한없이 비참하다는 생각이 들어.


내가 당신에게 잘한 건 아니었지만,
그래도 한때는 당신을 사랑했던 남편이었고 당신에게 '영원한 나의 아내'라

는 이름을 선물로 준 유일한 사람이었는데,

지금은 모든 것이 슬픈 현실로 변해 버린 것 같아서

내 마음이 너무 아파.

지금 생각해 보니, 그냥 모든 것이 참 너무 후회스러워.


삶이 힘들다.

너무 힘들다.

이제는 시간이 지날수록 모든 상황이 견딜 수 없이 고통스럽다.

이 모든 상황이 나에게만 닥친 모진 풍파 같다.

만약 내가 살아간다 하더라도 그 무엇으로도 채워지지도 않을 것 같다.

무거운 고통의 짐만이 자꾸 나를 더 짓누르는 것 같고,

앞으로 시간이 더 지난다 해도 더는 아무것도 이룰 수도 없을 것 같다.

그래서 더 무섭고 두렵다.

앞으로도 가야 할 길은 너무 멀기만 하고,

하루하루의 두려움을 떨쳐버릴 수 없는 현실의 삶은 끝이 없어 보인다.


오늘따라 지난날의 평온했던 일상들이 눈물겹도록 그립네.

당신과 결혼하고, 아이들을 낳고, 가정을 이루며 살아가는 것이 당연하다고 생각하며 살아온 삶이

얼마나 행복했던 시간이었는지

이제는 내 손에 아무것도 없는 것을 보고서야 알 것 같다.

나에게 주어진 것들에 감사하지 못하고, 없는 것들만 불평하고 원망하며 살아온 지난날들.

이제 더는,

없는 것에 대해 불평하지 않고 잃어버린 것들에 대해 슬퍼하지 않아도 될 것
같다.


가끔, 아주 가끔 당신이 내 곁에서 불평하고 짜증을 내더라도

언제나 내 곁에 머물러 있던 당신이 참 고마웠는데

당신과 함께할 수 없게 된 지금에야

나에게 당신의 존재가 얼마나 큰지 비로소 알 것 같다.

20년을 함께 했던 소중한 동반자가 늘 내 옆에 있었는데도

행복함을 모르며 살아온 나의 미련함 때문에

이제는 그 소중한 날들과 함께할 동반자조차도 없다고 생각하니

갑자기 무서운 생각이 들어.


많은 것을 잃어버렸고 여전히 모든 것이 깊은 상처로 남겠지만

만약 당신을 또 다른 세상에서 다시 만날 수 있다면

시련과 고통의 세월을 뒤로하고 당신을 더 사랑하고, 더 인정하고

당신의 의견을 존중하는 따뜻한 마음으로

영원히 당신과 함께 행복하게 살아가고 싶어.

여보, 예진아.

영원히 사랑해.

"남편은 교통사고가 아니라 자살이었습니다."

"네?"

"아까 저희가 몇 가지 질문을 드리려고 했던 것이 바로 이런 문제 때문이었습니다. 남편의 사고 경위를 조사하던 중에 남편의 유서가 모텔에서 발견되었기 때문에 저희가 조사를 할 필요가 없게 되었습니다, 모든 수사는 여기에서 마무리가 될 것 같습니다."

사건 경위를 조사하던 권태완 경사가 예진에게 봉투 하나를 건네주었던 것은 시경이 쓴 유서였다. 예진이 남편의 유서를 읽은 것은 남편이 수술실에 들어간 지 채 30분도 되지 않았을 때였다.

예진을 생각하며 적어놓았던 유서에서 남편의 마음을 알게 된 예진의 가슴은 찢어지도록 아팠다. 외롭고 쓸쓸하게 힘들어했던 남편의 지난 몇 주가 머릿속에 그려지면서 하염없이 눈물이 쏟아졌다. 남편이 한없이 가엾고 불쌍하다는 생각에 북받쳐 오르는 서러움을 참을 수가 없었다. 그리고 남편을 이 지경으로 만든 자신이 그렇게도 미울 수가 없었다.

"미안해요, 여보! 정말 내가 못된 여자였어요."

채린이와 함께 유서를 읽으며 한없이 울던 예진은 수술 진행 전광판 화면으로 잠시 시선을 돌렸다. 현재 수술 중인 환자들의 이름과 수술이 끝나 회복실로 옮기는 환자, 중환자실과 일반 병실로 돌아갈 환자들의 이름이 나오고 있었다. 그리고 화면 맨 밑에 '장시경'이라는 이름과 아직도 '수술 중'이라는 전광판이 깜박거리고 있었다. 남편의 이름을 보고 있던 예진은 갑자기 '장시경'이라는 이름이 자신의 남편이라는 생각이 들자 가슴이 미어질 것 같았다. 그동안 살려달라고, 무조건 살려달라고 몸부림치던 기도가 순식간에 하나님 내가 잘못했으니 무조건 용서해 달라는 기도로 바뀌었다.

'하나님. 모든 것이 제 잘못입니다. 제가 그 대가를 받겠습니다. 남편을 밖으로 내몰았던 저의 큰 죄 때문에 살려줄 수 없다면, 평생을 움직이지 못

해도 좋으니 저희 옆에서 숨만이라도 쉴 수 있게 해주세요. 이대로 잘못되면 남은 평생을 제가 어떻게 살아가야 합니까? 그 죄책감을 어떻게 감당하면서 살아갈 수 있겠어요? 우리의 모든 삶의 터전이 다 날아가 버렸는데 불쌍한 그이마저 떠나면 우리는 어떻게 살아갑니까? 하나님! 한 번만 용서해주세요.'

하염없이 흘러내리는 눈물을 닦아 내며 남편의 일기를 읽던 예진은 미안하고, 또 미안했다. 이렇게까지 남편을 고통스럽게 하리라 상상도 못 했던 예진의 눈에서는 그저 하염없는 눈물만 쉴 새 없이 흘러내렸다. 그러나 예진이 그토록 슬퍼하는 것은 지난 몇 주 동안 남편이 외롭고 힘들게 살아왔던 것 때문만은 아니었다. 자신의 이기심 때문에 남편의 입장은 조금도 생각하지 않았기 때문이었다. 그런데도 자신을 원망하지 않고 오히려 더 사랑하지 못하고, 더 감사하지 못하며 살아온 지난날을 후회하는 남편의 속 깊은 마음 때문이었다. 자신만 생각하며 남편에 대한 배려가 부족했던 지난날에 대한 원망과 회한이 가득 차올랐다. 초조하게 기다리던 수술 시간은 끝날 기미조차 보이지 않았다. 벌써 여섯 시간째 피를 말리는 시간이 흘러가고 있었지만, 수술실 문은 여전히 무거운 침묵으로 일관하고 있었다.

# 20장

수술에 들어간 지 무려 여섯 시간이 지났지만, 여전히 수술실 문은 무겁게 닫혀 있었다. 남편의 생사의 갈림길이 달린 수술 중에도 예진은 남편의 유서에서 눈을 떼지 못했다. 읽고 또 읽으며 남편의 유서를 한 장씩 넘길 때면 눈물도 하염없이 흘러내렸다. 아무리 닦아도 눈물은 끊임없이 흘러내렸다. 그토록 외롭고 무서운 적막함 속에서도 아내를 생각하며 써 내려간 남편의 유서에는 삶의 무거움과 후회가 함께 뒤엉켜버린, 지난날 자신에 대한 끝없는 삶의 회한이 가득했다. 마지막 장이었다. 딸 채린이와 아들 수현에게 쓴 유서였다.

*이 세상에 딱 둘밖에 없는*
*내 딸, 채린아! 그리고 아들, 수현아!*
*너희들은 1년 365일 언제나 이 세상에서 가장 예쁘고 사랑스럽고 자랑스러운 내 딸, 내 아들이었지.*

*너희들이 어렸을 때,*
*때로는 투정을 부려도 내 딸이고 내 아들이었기에 그저 귀엽기만 했단다.*
*신경질 내며 까탈스럽게 굴어도 영락없는 아빠의 딸과 아들이었기에 모든 게 사랑스러웠지.*
*그런데 정말 미안하구나.*

이 세상의 모든 아빠는 어쩔 수 없는 아빠이기에

너희들이 학교에 가는 것만 봐도 가슴이 뛰었고, 특히 교복을 입은 모습은 더 예뻤지.

모든 행동이 사랑스러웠고 밥 먹는 모습만 보아도, 깔깔거리며 웃는 모습만 보아도 아빠의 입은 마냥 벌어지곤 했단다.

너희 덕분에 아빠는 언제나 행복했고 꿈을 꾸며 살았어.


어려운 일이 있을 때, 힘든 일이 있을 때마다 아빠에게 언제나 가장 큰 힘이 되었던 내 딸 채린이와 아들 수현아!

너희가 친구들에게 따돌림당하면 어쩌나, 학교 성적이 좋지 않아 혼자 고민하고 슬퍼하면 어쩌나,

혹시나 다른 친구들을 보면서 부러워하는 마음을 가지고 있으면 어쩌나……. 아빠는 늘 걱정했단다.

채린이는 아직 잘 모를 수도 있을 거야.

너는 아빠가 사랑했던 엄마의 젊은 날이야.

수현이 너는 아빠의 젊은 날을 보는 것 같다고 늘 엄마가 말했어.


아빠는 지금도 그날을 잊을 수가 없어.

너희가 태어나던 날 엄마와 아빠 곁으로 와 준 게 고마워서

고사리 같은 손을 살짝 붙잡았을 때, 너희 둘 다 아빠의 손을 꼭 쥐고 놓지 않았어.

그때 아빠는 너희들의 손에서 느껴지는 경이로운 생명의 환희와 가슴 벅찬 희열을 느꼈어.

내 딸, 내 아들아.

너희는 아빠의 분신이고 흔적이야.

내 몸에 새겨진 지문처럼 그렇게 새겨져 이 세상에 나온 거야.

너희가 이 세상에 태어나서 아빠의 유일한 흔적이 되었다는 사실 하나만으로도 아빠는 지금까지 벅찬 가슴을 안고 살아왔어.

그래서 아빠는 너희들에게 더 고마워.


부르고 불러도, 또 부르고 싶은 내 딸 채린아, 그리고 수현아!

그런 너희 옆에 함께 있을 수도, 갈 수도 없는 지금의 현실이 한없이 슬프고 힘들고 고통스럽구나.

아빠의 자리에 아빠가 없는 공간을 채워주지 못하는 것도 미안하고, 항상 너희 곁에 있으면서 너희들의 큰 버팀목도

넓은 울타리도 되어주지 못하는 것도 가슴이 아파.


그렇지만 아빠의 마음은 그래.

너희들이 언제, 어디서, 누구와 무엇을 하든지 어떻게 살아가든지

항상 웃으며, 기쁘고 즐겁고, 행복하게 살아갔으면 좋겠어.

너희의 행복이 곧 아빠의 행복이니까 말이야.

채린아, 수현아 사랑해.

정말 많이 사랑해.

그리고 영원히.

유서를 읽으면서 아빠의 깊은 마음을 알게 된 채린은 가슴이 아파 견딜 수 없었다. 아빠가 그렇게도 가엾고 불쌍할 수가 없었다.

'아빠 미안해. 정말 미안해.'

요즘 들어 대학교 문제 때문에 여러 번 아빠의 마음을 속상하게 했던 일들이 자꾸만 채린의 머릿속을 스치며 지나갔다. 그 기억들이 채린의 가슴을 더욱더 아프게 했다. 걷잡을 수 없는 후회가 밀려오며 하염없는 눈물이 쏟아져 내렸다. 그때였다. 갑자기 응급상황을 알리는 안내 방송이 흘러나왔다. 곧이어 여러 명의 의사와 간호사가 웅성거리며 수술실 쪽으로 급히 뛰어갔다. 무엇인가 상황이 긴박하게 돌아가는 분위기 같았다. 그리고 다시 한 시간 정도 시간이 지났을 때였다. 담당 간호사가 예진을 급하게 찾았다. 빨리 의사 선생님 방으로 가보라는 것이었다. 그런데 간호사의 말투와 행동이 그리 썩 밝지 않다는 것을 느낀 예진은 너무 놀라 금세 다리가 후들후들 떨려 왔다.

"어떡해……."

누가 먼저랄 것 없이 세 사람 입에서 같은 말이 동시에 터져 나왔다. 그러나 감정이 격해진 예진의 목소리에는 금세 물기가 서려 버렸다. 예진과 채린은 미친 듯이 선생님 방으로 뛰어갔다.


"선생님. 어떻게 됐나요?"

예진은 다급하게 물었다. 그러나 담당 의사는 이번에도 선뜻 말을 하지 않았다. 예진은 또다시 다그치듯 의사에게 물었다. 여전히 의사는 말이 없었다. 잠시 무거운 침묵이 흐른 후 의사는 서류를 뒤적이며 컴퓨터 모니터를 여러 번 번갈아 보더니 그제야 남편의 현재 상태를 설명하기 위해 조심스럽게 말을 해왔다.

"너무 놀라지 마십시오. 일곱 시간의 수술을 했지만 여섯 시간이 지난 이

후부터 상황이 점점 악화되어 결국 코마에 빠졌습니다."

"네? 코마요? 아니, 코마라니요?"

갑자기 하늘이 노래지며, 순간 예진은 심장이 멎을 것 같았다.

"시간이 지나면서 생각보다 환자의 상태가 좋아지지 않았습니다."

"그래서요? 그럼 그이가 깨어날 수 없다는 말인가요?"

예진은 예상보다 상태가 좋지 않다는 말에 놀라 정신없이 따지듯이 물었다.

"그럼 위험하다는 겁니까?"

"그건 더 두고 봐야 합니다. 더 위험할지, 아니면 의식이 돌아올지 아직은 확신할 수 있는 단계는 아닙니다. 솔직히 기적도 바라봐야 하고요⋯."

"네? 기적요? 아니, 그러면 죽을 수도 있다는 건가요?"

"그건 코마 상태가 얼마나 지속되느냐에 따라 다를 수가 있습니다."

"얼마나 치료를 해야 한단 말인가요? 아니, 선생님 도대체 코마가 뭐기에 그러세요?"

예진은 의자를 바싹 당겨 다시 앉으며 물었다. 그야말로 입이 바짝바짝 말라가고 있었다.

"코마라는 것은 뇌는 죽지 않은 상태의 깊은 식물인간 상태입니다. 물론 인지기능은 잃었지만, 뇌는 계속 활동하고는 있는 상태입니다. 불행 중 그나마 다행한 것은 뇌사가 아니라는 겁니다. 아마 그랬다면 호흡 정지와 혈액순환의 장애가 나타났을 겁니다. 인공호흡기로 일시적인 생명 유지는 가능하지만, 통상적으로 대사기능이 저하돼 1주일 이내에 사망하게 됩니다. 그러나 코마는 호흡이나 순환, 그리고 대사나 체온 조절 등 식물적 기능은 유지되고 있는 상태입니다. 그러니까 지금 환자의 경우도 자가 호흡은 가능합니다. 물론 뇌사에 빠지는 것보다는 훨씬 다행이지만 역시 기적을 바라는 방법이 클 수밖에 없습니다."

"그렇다면 일단 죽지는 않는다는 거죠?"

"현재로서는 장담할 수 있는 말은 아무것도 없습니다. 다행스러운 점은 원인 질환을 잘 치료하면 코마 상태에서 깨어날 수도 있다는 것입니다. 장시간 혼수상태에 빠져 있다가 일어나기도 하니까요".

"가능성은요?"

"가능성을 한마디로 말하긴 어렵습니다."

"확률은요?"

"확률로 말하기도 어렵습니다. 의학계에서는 장기간의 코마 상태에서 깨어난 뒤 온전히 회복하는 경우는 열 명 중 한 명꼴이라는 보고가 꾸준히 있습니다. 지금으로서는 그걸 기대해 보는 수밖에는 없습니다."

"열 명 중 한 명이요?"

"네, 가장 최근에도 코마에서 깨어난 사람이 있긴 합니다. 자동차 경주에서 사고를 당한 세계적인 선수 미하엘 슈마허라는 사람이죠. 그러니 기적을 바라며 꾸준하게 치료를 받는 방법밖에는 없을 것 같습니다."

"아니, 어떻게 이럴 수가……."

순간 의사의 말투나 행동 그리고 표정이 그리 밝지 않다는 것을 느낀 예진은 잠시 다른 서류를 가져오겠다며 일어서려던 의사의 소매를 붙잡고 매달렸다. 의사의 당황스러운 표정에도 아랑곳없이 예진은 계속 매달리며 물었다.

그때 채린도 선생님의 다른 쪽 소매를 붙잡으며 갑자기 울기 시작했다.

"선생님, 우리 아빠를 살려주세요. 죽으면 안 돼요, 선생님! 제발 살려주세요. 선생님! 제가 이렇게 빌게요. 제발요!"

채린은 아예 무릎을 꿇다시피 의사의 바짓가랑이를 붙잡고 눈물을 뚝뚝 흘리기 시작했다. 채린의 행동에 당황스러워하며 난감한 표정을 짓던 의사는 차분히 말했다.

"자, 이러지들 마시고 저희도 최선을 다하고 있습니다. 너무 걱정만 하지 마세요. 앞으로 어떻게 할 것인지에 대해서도 다른 전문의들과 두루 의견을 나눠볼 테니 일단 기다려 봅시다. 하나님께 기도하신다면 아마 기적으로 도움을 주실지도 모를 일이죠."

기도를 하라는 걸로 보아 의사는 크리스천인 모양이었다. 그러나 그 말이 두 사람의 귀에 들어올 리가 없었다. 예진도 단 몇 퍼센트의 가능성이라도 있다는 확답을 듣고 싶어 의사의 팔을 더 꽉 붙잡았다. 그때 의사 선생님의 호출이 스피커를 통해 들려왔다. 의사는 잡혀 있던 소매를 살짝 뿌리치더니 황급히 자리를 떠났다.

"일단 나가서서 좀 기다려주세요. 급한 환자의 호출이 왔습니다. 다녀온 후 다시 이야기를 나누도록 하겠습니다."

복도까지 따라 나가던 예진은 멀어져 가는 의사의 뒷모습을 바라보며 더 크게 소리 지르며 울기 시작했다.

"채린아, 어떡하면 좋아. 너희 아빠 어떡해? 불쌍한 너희 아빠 어떻게 해."

"엄마, 울지 마. 우리 아빠 깨어날 거야. 우리 아빠 죽지 않을 거야 엄마. 괜찮을 거야."

"여보, 여보!"

예진이와 채린은 눈물과 콧물로 범벅된 채 그야말로 혼이 다 빠져버린 사람처럼 오열했다. 그러나 그들을 달래주는 간호사 한 명 오지 않았다. 그저 오고 가는 몇몇 간호사들만이 그들을 측은하게 바라볼 뿐이었다.

"아이고, 이게 도대체 무슨 날벼락이냐. 세상에 이런 날벼락이 어딨어!"

외삼촌의 안타까운 부름에도 아랑곳없이 예진이와 채린은 더 크게 오열하기 시작했다.

"여보! 안돼! 안 된단 말이야!"

예진은 꺽꺽 소리를 지르더니 급기야 바닥에 쓰러지고 말았다. 지난번에 집 주인이 전세금을 들고 잠적했을 때처럼 충격을 받은 모양이었다. 놀란 채린 은 바닥에 쓰러진 엄마의 어깨를 부둥켜안고 마구 흔들어대며 함께 울부 짖기 시작했다.

"엄마, 정신 차려요! 엄마!"

외삼촌도 혼비백산하여 예진을 붙잡았다. 예진의 얼굴에 경련이 일더니 갑 자기 호흡이 가빠지기 시작했다. 채린은 더 큰 소리로 엄마를 부르며 외치 기 시작했다.

"엄마, 정신 차려요! 엄마."

채린의 외침에도 예진은 끝내 의식을 잃고 말았다. 혼절한 엄마를 보자 채 린의 얼굴이 새파랗게 질리기 시작했다. 외삼촌도, 채린도 모두가 제정신 이 아니었다.

"사람 살려주세요! 여기 우리 엄마가 쓰러졌단 말이에요. 빨리요, 빨리!"

간호사들이 다급한 채린의 목소리를 들은 것은 주위에 있는 환자 가족들 이 알려준 후였다. 급하게 뛰어온 간호사들에 의해 예진은 또다시 병실로 옮겨졌고, 그야말로 분위기는 처절하게 변해갔다. 정신 나간 사람처럼 몸 부림치던 채린도 더 크게 소리 지르며 울기 시작했다.

"안 돼. 우리 아빠 살려줘요. 우리 아빠를 살려달란 말이에요. 불쌍한 우 리 아빠 죽으면 어떡해. 이제 난 어떡하란 말이야. 엄마!"

채린은 병원이 떠나가도록 울부짖었다. 함께 눈물을 흘리며 안타까워하던 외삼촌도 함께 안타까워했다.

"채린아. 이게 무슨 날벼락이냐. 세상에 이런 날벼락이 어디 있어! 예진아

제발 정신 차려."

외삼촌의 안타까운 부름에도 아랑곳없이 예진이의 얼굴 위로는 창가의 눈이 부신 햇살만 쏟아져 내렸다.


모든 것이 자취를 감추어버렸다. 그리고 숨어버렸다. 모든 것이 사라져 버리고, 침묵을 지키고 있는 그 자리에는 여전히 상실의 아픔만이 남아 있었다. 가까스로 마음을 다잡아봤지만 아주 작은 바람에도 금방 쓰러져버릴 것 같은 예진은 인생의 허망함만 끊임없이 되뇌었다.

'마지막 순간까지 아내와 아이들을 찾았습니다. 가족을 찾으면서도 잘 알아들을 수는 없었지만 미안하다는 말을 수도 없이 했습니다. 혈압이 떨어지며 의식이 혼미한 상태에서도 끝까지 아내와 아이들의 이름을 부르며 애타게 찾았습니다. 마지막 코마로 떨어지는 순간까지도, 가쁜 호흡을 몰아쉬면서도 오직 가족만 찾았습니다.

환자 자신도 살기 위해 한 시간 이상을 저희와 함께 사투를 벌였습니다. 코마로 떨어지기 몇 초 전까지도 스스로 삶을 포기하지 않고 끝까지 처절하게 발버둥 쳤습니다.'

"그냥 살아만 달라고 평생 걷지 못해도 아니, 그냥 우리 옆에 있기만 해도 된다고 했다고 왜 정말 그렇게 됐어? 왜! 흑흑흑…. 평생 누워만 있어도 된다고 하긴 했지만 정말 그렇게 누워만 있으면 어떡해? 우리는 어떡하라고! 여보…. 흑흑…."

그동안 아주 힘들게 하나씩 쌓여갔던 가슴속의 억장이 다 무너져 버렸다. 예진도 채린도 제정신이 아니었다. 모든 것이 한꺼번에 닥쳐와 하늘이 무너진다는 것이 바로 이런 것이었다. 몸부림치며 가슴을 쥐어뜯고 울부짖으며 통곡하는 것 외에는 그들이 할 수 있는 것은 아무것도 없었다.


172

사랑하는 가족을 그토록 애타게 찾았지만, 가족이 도착하기도 전에 시경은 결국 침묵의 세계로 떠나고 말았다. 그토록 사랑했던 가족의 마지막 목소리 한번 들어보지 못한 채 시경은 돌아올 수 없을지도 모르는 길을 떠나고 말았다. 어쩌면 영원히 돌아올 수 없는 외롭고 고독한 저 먼 길을 홀로 떠나버리고 만 것이다. 다시금 일어나야 하는 이유가 헤아릴 수 없이 많았지만, 가족을 향한 시경의 뜨거웠던 심장은 사랑하는 가족의 가슴속에 남겨둔 채 긴 침묵의 시간으로 들어가 버리고 말았다. 서로에게 모든 것을 맡기고 살아왔던 20년간의 세월은 한순간 바람으로 사라져버렸고, 가슴 아픈 상처만이 남았다.

'강한 충격으로 뇌에 손상이 온 것 같습니다. 외상성 뇌경막하 출혈의 상해입니다. 정확한 것은 외상성 뇌 손상입니다. 머리 부분에 충격이 심해지면서 손상이 생긴 것 같습니다. 그 충격이 약했다면 뇌에 멍이 들거나 가벼운 출혈로 끝날 수도 있지만, 충격이 너무 심해 뇌가 뒤틀리면서 뇌세포 간에 큰 이상이 생긴 것입니다. 코마의 직접적인 원인은 왼쪽 후두 정부에 강한 충격이 가해지며 발생한 출혈로 추정하고 있습니다. 뇌탈출이 발생하여 숨골과 뇌간이 압박을 받아 각성 상태의 유지에 필요한 뇌줄기 및 시상에 문제가 생겨서 코마로 빠진 것 같기도 합니다. 돌아오기는 그리 쉽지 않을 수도 있습니다. 생각보다 피가 많이 고여 있었습니다. 지금이야말로 하나님의 기적이 필요합니다. 가족들의 기도를 부탁드립니다. 저희도 최선을 다하겠지만 지금은 기적을 바랄 뿐입니다.'

담당 의사의 무거운 말만 예진의 귓전을 맴돌고 있었다.

# 21장

예진은 중환자실에서 평안히 잠을 자듯 사흘째 의식을 찾지 못하고 있는
남편을 바라보며 하염없이 눈물만 흘리고 있었다. 예진은 남편의 오른손을
두 손으로 살며시 잡았다. 여전히 따뜻했다.

*여보!*

*갈래갈래 찢어놓은 상처만 남긴 채*

*이렇게 말이 없는 당신.*

*내가 눈물로 용서를 구한다면*

*당신이 침묵의 세계에서 돌아올 수 있을까요?*


*여보!*

*아직도 차가운 내 가슴에 남기고 간 당신의 흔적은 수없이 남아 있는데*

*이렇게 나를 버릴 거라면*

*왜 혼자서만 가려고 해?*

*당신의 삶 속에 나의 존재가 아직도 선명하게 남아 있을 텐데*

*기어이 나를 밀치고 혼자서 떠나려고 했던 당신,*

*그토록 사랑했던 가족을 두고 떠나려고 할 만큼 무엇이 그렇게도 당신을*

*힘들게 했나요?*

당신이 우리 가족을 떠나려고 했던 그 날

당신이 무슨 생각을 했을까 생각하면,

당신이 안고 갔을 마음의 짐을 생각하면,

가슴이 미어지네요.


만약,

당신을 잃어버린다면 나 홀로 살아가야 할 세월이

이제는 두려움으로 다가오네요.

아직도,

긴긴 세월이 남아 있는 내게는

아파하며 살아야 할 세월이 그저 두렵기만 하네요.


하지만 여보,

부디

내 곁을 떠나지만 말아요!

우리 다시금

이 세상에서의 행복을 찾을 수 있잖아요.

우리, 그렇게도 힘든 일들을 다 이겨 낼 수 있잖아요.

지금은 우리가 잠시 낮은 곳에 있을 뿐이에요.

이제 우리, 잘 살기만 하면 되잖아요.

여보!

누가 뭐래도 나에겐 사랑의 의미를 알게 해준 당신이에요.

함께 살면서 어려운 일이나 힘든 일이 생길 때마다 당신의 웃음 덕분에

늘 사랑의 힘으로 모든 것을 극복할 수 있었잖아요.

당신이 곁에 있을 땐 고맙고 소중한 줄 모르고 살다가

이제야 당신의 빈자리가 너무도 커서 가슴이 무너지듯 아프네요.


당신이 요즘 많이 힘들어하기에

나도 참 많이 울었지만

그래도 당신을 사랑할 수 있어서 행복했는데,

여전히 내 가슴이 당신을 잊지 못하고 있는데.


남은 인생

당신 때문에 더 아파야 하고 더 많이 울어야 한다면,

당신이 떠나야 하는 것이 내가 감당해야 할 일이라면,

나도 당신 곁으로 떠날 거예요.


오늘도 당신에 대한 미안함과 끝없는 후회가 두렵기만 해요.

내가 당신에게 집 문제 때문에 화를 낸 것에 대해

뒤늦게 참 많이 후회했는데도,

앞으로도 후회하면서 살아야 할 시간이 마음의 짐으로 남아

평생 나를 짓누를 것 같아 더 무섭고 두렵기만 해요.

그러니 당신은 꼭 일어나야 해요.

우리 아이들, 채린이와 수현이를 위해서라도

반드시 일어나야 해요.

그리고 대한민국의 집 하나 없이 힘들고 서럽게 살아가는

서민들을 위해서라도 일어나야 해요.

그리고 우리 모두 다시 시작하면 되잖아요.


당신이 침묵 속으로 들어간 지 사흘이 지났는데

이제는 당신에게 모든 것이 미안함으로만 다가오네요.

아내인 내가 당신을 남편으로 더 존중해주고 더 채워줬어야 했는데.

내 감정대로 대하고 말하고

더는 갈 곳 없이 비참해진 당신에게 보상받으려 했던 것들

나의 잘못으로 그것이 당신에게 상처가 된다고는 전혀 생각지도 못했던

나의 어리석음을 용서해 줘요.

당신의 모든 상실감을 이해하지 못하고 내 감정대로 말하고 행동했던

모든 것이 다 원망스럽기만 해요.


그날,

못된 나 때문에 밖으로 내몰려 힘없이 걸어가는 당신의 뒷모습을 보면서 목이 메었는데…….

뒤따라가 미안하다고 선뜻 말하지 못했던 게 너무 죄스러워요.

집 같은 건 또 다른 사랑의 힘으로 얼마든지 극복할 수 있었는데 말이에요.

내가 미련하고 속이 좁아서

당신 혼자서 얼마나 마음 아프고 외롭고 힘들었을까?

앞으로 당신이 없는 빈방에 홀로 밤잠을

이루지 못할 날들이 수없이 많을 텐데

나는 감당해 나갈 자신이 없어요.

그렇게도 내가 밉지가 않다면 빨리 당신이 일어나 줘야 해요.


당신, 기억나요?

주말이면 같이 된장찌개 끓이면서 양파도 까주고, 파도 다듬어주고,

김밥도 같이 만들면서 오순도순 이야기하던 때.

그때가 그리워지면 나 이제 어떡해요. 여보!

부추전, 김치전 부쳐놓고 어울리지 않는 와인잔을 들고

함께 깔깔 웃으며 긴긴 이야기 참 많이 나누었잖아요.

또다시 그렇게 시작하면 되잖아요. 집이 없으면 어때요?

당신이 내 옆에 있는데….

이제 누구랑 이야기해? 여보!


주말 아침마다 커피 끓여서 갖다주면서 이만하면 괜찮은

남편 아니냐고 물었지요.

그래, 맞아요. 당신 괜찮은 남편이었어요. 아니, 참 좋은 남편이었어요!

그런데 이제 당신의 목소리 어디서 들어요?

당신이 일어나기만 하면 그 목소리 다시 들을 수가 있을 텐데…….

자주 내 손 살며시 잡아주던 당신의 손길이 보이지 않을 때
난 어떡해, 여보!
다시 당신 목소리 듣고 싶고, 당신의 따뜻한 손길을 느끼고 싶어요.
돌이켜 보면 외롭고 힘들 때마다 20년간을
한결같이 내 곁에 있어 준 당신이었잖아요.

지난 세월 나 때문에 너무 고통스럽고 힘들었으니까,
당신도 이제는 세상의 무거웠던 짐들과 그 고통의 멍에 다 벗어버리고
마음껏 한번 날아 봐요.
그 대신,
마음껏 날다가 다시 돌아와 줘야 해요.

당신 때문에 지금도 여전히 아프고 슬프지만……
이제는 영원히 당신을 사랑한다고 말할 수 있을 것 같아요.
영원히 내 마음속에서 당신을 지울 수 없을 테니까요.

빨리 일어나 줘 여보.
우리 가족들은 당신이 다시 일어날 때까지 끝까지 기다릴 거예요.
사랑해 여보, 정말 사랑해요. 여보!
내 마음 다 알지요?
영원한 당신의 아내,
당신이 사랑하는 예진이가 여기 있잖아요.

여전히 시경은 깊은 잠 속으로 빠져들고 있었다. 그것은 지난 세월 동안 몹시 지쳐있었던 육체가 처음 맞는 첫 숙면이었다. 아주 깊은 잠이었다. 그리고 아늑했다. 시경의 몸에 남아 있는 모든 존재 의식까지 허물어지게 하는 아주 깊은 잠이었다.

# 22장

청와대 국민청원

저는 대한민국의 평범한 가정의 딸로 살아가는 올해 포항공대 수시에 합격하게 된 장채린 입니다. 저희 아버지는 이 나라에 세금도 착실히 내시고, 여느 가정의 아빠처럼 열심히 직장생활을 하시며 가족과 함께 소박하고도 행복한 가장으로 살아왔습니다. 저희는 대한민국 국민으로 살아가는 것을 언제나 자랑스러워하며 올림픽에서 대한민국 선수들이 금메달을 따면 함께 애국가를 부르며 감격하여 눈물을 흘렸던, 그래서 나의 조국 대한민국을 사랑하는 국민입니다. 그저 대한민국에 태어나서 살아가는 것이 언제나 자랑스럽고 행복했기에 정부에 항상 감사하는 마음으로 살아왔습니다. 그런데 언제부터인가 우리나라가 이렇게 집 없는 자의 설움을 외면하는 정부가 되었는지 참으로 안타깝습니다. 아니, 집 없는 자의 고통이 이렇게도 큰지, 최근에서야 알게 되었습니다.

저희 아빠는 평범한 직장인으로서 지금까지 열심히 살아오셨지만 집 한 채살 수 없는 현실에 결국 자살까지 시도하셨고 지금은 코마에 빠진 상태입니다. 그로 인해 저희 가정은 그야말로 모든 것이 다 무너져 버렸습니다. 조그만 아파트에 전세로 살던 저희는 집값이 가파르게 올라가고 있다는 이유로 집주인에게 무려 3억의 전세금을 추가로 입금할 것을 요구받았습니다. 저희 부모님은 이리저리 어렵게 돈을 빌렸고, 대출까지 받아 조그만 아파트 하나라도 사기 위해 마지막 순간까지 발버둥을 쳤습니다. 그러나 집주인이 전세금까지 들고 잠적하는 바람에 저희는 하루아침에 오갈 데 없는 신세가 되어 당장 길거리로 나앉게 되었습니다. 저의 아빠는 부동산 정책에 실패한 정부에게 외면당하고, 사람에게 상처를 받고 고통을 받았습니다. 너무나 충격이 컸던 아빠는 결국 극단적인 선택을 하셨고 불행 중 다행인지는 모르겠지만 지금은 코마에 빠진 상태에서 1주일째 병원에 계십니다. 저희는 정말 하루하루가 고통스러운 삶을 살아가고 있습니다. 대통령님, 왜 이렇게 집 때문에 국민이 끝없는 고통을 받으며 살아가야 합니까?

사람이 우선이라던 문재인 정부에서는, 지금 우리 국민의 다수가 내 집 하나 마련하지 못해 웅크린 채 밤을 지새우고 있다는 사실을 알고 계십니까? 내 집 마련이 평생의 꿈인 보통 사람들이 당하고 있는 절망감이 얼마나 큰지 아십니까? 원망과 분노가 극에 달해 이성을 잃어버린 사람들이 얼마나 많은지도 아십니까? 당, 정, 청에서 일하시는 분들에게 호소합니다. 본인들이 대한민국의 서민이라고 생각하시고 정말 서민의 심정으로 부동산 정책을 펼쳐 주시기 바랍니다. 지금 서민들은 폭등하는 집값과 전세 자금에 갈취당하고 있습니다. 정말 정부가 주택이 없어서 힘들어하는 국민의 고통을 정말 조금이라도 덜어줄 마음이 있다면 이제 대통령님께서 말씀해 주시고 약속하신 대로 집값을 잡아주십시오. 아니, 정말 사람이 우선이라고 말씀하신 것이 거짓이 아니라면 책임져 주셔야 합니다.

오늘 이 하루도 우리 대한민국 서민들은 가족을 먹여 살리기 위해 피땀 흘려 일을 하는데, 집 때문에 고통당하고 있는 우리에게 닥쳐오는 현실은 폭등하는 집값과 착취당하는 전세금밖에 없습니다. 집값이 폭등하는 이유조차 발뺌하는 정부는 자신들이 올려놓은 집값을 반드시 되돌려 놓으셔야 합니다. 그렇게 할 수 없다면 모두가 위선자로 역사에 길이 남을 것입니다. 지금까지 이렇게 집값이 폭등했던 정부는 없었습니다. 이제는 대한민국 국민이라면 왜 집값이 이렇게까지 폭등하고 있는지 그 이유를 다 알고 있습니다. 고위 공직자들이 자신의 재산을 더 불리기 위해 기획하고 집행한 정책의 결과라는 것을 말입니다. 물론 당, 정, 청은 투기꾼들의 과욕과 조작 때문에 집값이 폭등했다고 주장하고 있지만, 이는 국민을 호도하는 것입니다. 저 같은 고등학교 3학년생도 절대로 그렇지 않다는 것을 조목조목 나열하면서 반박할 수 있습니다. 가장 기본적인 임대차3법, 임대사업자법, 양도세를 대폭 인하해서 원상 복귀만 해도 집값은 안정이 되고 전세 물량은 넘쳐날 겁니다. 국민에게는 호도하는 것이 아닙니다. 진실을 말해주어야 하는 겁니다.

당, 정, 청에 계시는 분들, 내 나라에 살면서 내 집이 없다는 서러움 한 번도 경험해 보시지 못했을 겁니다. 그 설움이 얼마나 큰지 아십니까? 조그마한 집이라도 내 집 하나 장만하기 위해 지금 이 순간에도 대한민국의 엄마들은 울고 있다는 사실을, 아빠들은 탄식의 나날을 보내고 있다는 사실을 진정 기억해주시면서 나랏일을 해 주시기 바랍니다. 도대체 언제까지 우리 서민들이 이러한 고통 속에서 살아가야 합니까.

저의 오빠와 저 같은 젊은이들은 모일 때마다 자주 이런 이야기를 합니다. 앞으로 우리 세대가 사회에 나가서 평생을 열심히 일하고 아껴도 아파트 한 채를 살 수 없는 지옥 같은 나라에서 살 것이라고 말입니다. 젊은 청년들이 직장생활하며 아끼고 또 아껴서 매달 100만 원을 꼬박꼬박 저축한다고 할지라도 강남도 아닌, 강북에 있는 30평대 아파트 하나 사려면 200년이 걸립니다. 설사 그 200년 동안 돈을 모아 본들 200년 동안 그 집값은 가만히 앉아서 기다려줍니까? 아니, 사람이 어떻게 200년을 살 수가 있습니까? 매달 200만 원을 꼬박꼬박 모으면 100년밖에 안 걸리네요. 이제 대한민국 젊은이들은 평생 죽을 때까지 집은 사지 말라는 것입니다. 집은 포기하고 살라는 것입니다. 아니, 집을 사겠다는 허황된 꿈조차도 꾸지 말라는 것입니다. 그래서 "아파트에 대한 환상을 버려라."라는 망언이 나왔습니

183

까? 지금 대한민국의 아파트 가격은 아무리 하늘을 우러러보아도 이제는 만져도 볼 수 없는 금파트가 되었습니다.

특히 부모로부터 집 한 칸 물려받지 못하는 대한민국의 젊은이들은 일찌감치 집을 포기하고 살아가고 있습니다. 주거가 불안해 진 청년들은 결혼을 거의 포기하고 있습니다. 젊은이들이 결혼을 포기하면서 산다는 것이 도대체 말이 된다고 생각하십니까? 청년들이 결혼을 안 하는 가장 큰 이유 중 하나가 부동산에 있다는 걸 정녕 모르시는 겁니까? 더는 이념에만 사로잡힌 정치인이 되지 마시기를 바랍니다. 이제 대한민국의 젊은이들을 어떻게 하시겠습니까? 그들의 좌절과 한숨과 절망을 말입니다. 도대체 이런 나라가 전 세계에 어디 있습니까? 그러고도 대한민국이 경제 대국 10위권 국가라고 말할 수 있습니까? 열심히 일하고, 아끼고 노력하면 그래도 조그마한 집 하나는 장만할 수 있는 나라가 정상적인 나라가 아니겠습니까? 그런데 지금 대한민국은 일찌감치 인생까지 포기하게 만들어 버리는 나라가 되었습니다. 이제는 대한민국 서민들이 서울에서 집을 사는 건 먼 달나라 이야기가 되어버렸습니다.

지금 젊은이들은 "대단하다, 이번 정부."라는 유행어까지 나오고 있으며 '이생망(이번 생은 망했다.)'이라는 비현실적인 말이 급속도로 번지고 있습니다. 그리고 주거복지를 사다리라고 말하며 청년들이 중장년, 노년이 되어서 자기만의 행복과 자유를 누릴 자기 집을 마련하는 데 문재인 정부가 아주 철저히 실패했다고 분노하고 있습니다. 게다가 거주 안전의 자유와 재산권이 침해되면서 "현 정권은 사회주의를 꿈꾸고 있는 게 아닌가?"라는 비판까지 하고 있습니다. 주택청약 제도는 무주택 서민들을 위한 제도였으나 이제는 인생 역전을 위한 로또 수단이 되어버렸습니다. 이런 지경까지 왔는데도 정부에게 말 한마디 하지 못하고 언제까지 침묵으로 살아야 합니까.

제가 잘 아는 분은 미국에 이민 간 지 3년 만에 열심히 직장생활을 하며 집을 샀습니다. 물론 대출금이 포함되어 있기는 하지만 교외 지역에 아주 예쁘고 멋진 집을 샀습니다. 적어도 열심히 일하고 노력하면 꿈이 이루어져야 하는 것이 상식적인 나라 아닙니까? 열심히 일하면 자신의 근로소득에 맞는 집 한 채는 장만할 수 있는 것이 정상적인 사회 아닙니까? 이제 대한민국의 젊은이들, 그리고 집 하나 장만하지 못해 오늘도 눈물을 흘리며 고통과 절망 속에서 살아가는 서민들을 어떻게 하시겠습니까. 그러고도 표를 달라고 한다면 너무 염치없는 것 아닙니까? 정부가 하는 일은 서민들이 지치고 힘들어할 때 다시 일어설 수 있게 위로와 용기를 주는 원천이 되어야 합니다. 지금 많은 서민이 집 문제로 힘들어하는 바로 지금이 정부의 힘을 발휘해야 할 때라고 생각합니다.

저는 감히 말씀드리고 싶습니다. 당, 정, 청에서 일할 실력도 능력도 안 되는 사람들은 파면해야 합니다. 정말 무능하고 사악하기 짝이 없는 사람들입니다. 당, 정, 청의 뇌 없는 부동산 정책으로 지금 대부분의 서민은 도착 없는 지옥행 열차에 탑승하고 있습니다. 우리 가족들이 그리 지지했던 문재인 대통령은 과연 알고 계십니까? 무주택 국민의 고통을 조금이라도 덜어줄 마음이 있다면 올해 초 대통령의 약속대로 집값을 임기 초로 원상 복구하여 주십시오. 문재인 대통령님! 취임사에서 분명히 말씀하시지 않았습니까? '기회는 평등하고, 과정은 공정하고, 결과는 정의로울 것'이라고 말입니다.

국민은 문재인 정부가 새롭게 출발할 때 큰 기대를 했습니다.
취임사에서 한 번도 경험해 보지 못한 나라를 만들겠다고 하셨는데,
지금 국민은 정말 한 번도 가보지 못했던 길을 가고 있습니다.

촛불의 힘으로 정권을 잡은 문재인 정부!

촛불처럼 따뜻할 줄만 알았던 정부의 능력 없는 부동산 정책 때문에

우리 가족의 꿈과 미래가, 다 짓밟혔습니다.

촛불로 잡은 정권!

그 촛불이 영원하려면

국민에게 한 점 부끄럽지 않은 희망의 촛불을 켜 주십시오.

권력은 바람처럼 지나가는 것입니다.


지금이라도 평등과 공정의 촛불을 켜 주십시오.

말로만이 아닌 진정 정의로운 횃불을 켜 주십시오.

당, 정, 청에 계시는 분들

지금이라도 서민의 마음으로 살아가시기를 간곡히 부탁드립니다,

피를 토하는 심정으로 청원합니다.


선인여자고등학교 3학년 장채린 드림

# 23장

창백한 얼굴의 채린은 편안히 잠을 자듯 병실에 누워 있는 아빠를 바라보며 두 손 모아 기도를 하기 시작했다. 그러나 기도를 시작하자마자 눈에 한가득 고여 있던 눈물은 금세 감은 눈 아래로 뚝뚝 떨어져 내렸다. 몇 번이고 흐느끼며 눈물을 삼키던 채린은 애서 눈물을 참으며 기도를 했다.

하나님,
우리 아빠를 살려 주세요.
비록 저의 아빠가 교회를 다니지 않지만
불쌍히 여겨주세요.
정말 간절히 기도를 드립니다. 한 번만 살려주세요.
저와 가족이 감당하기엔 너무나 힘이 들고 견딜 수가 없습니다.

하나님 제가 무슨 잘못을 했나요?
저도 교회 다니고 예수님을 믿은 지 1년도 채 되지 않았습니다.
그런 제가 믿음이 약해서 이런 일이 생겼나요? 혹시 제가 하나님의 마음을 분노하게 했나요?
아니면 저의 죄 때문인가요?
하나님! 그렇다면 제가 그 죄의 대가를 받겠습니다.
제가 잘못한 것이 있다면 제가 용서를 구하겠습니다.
대신 우리 아빠를 살려 주세요.

*저희 아빠, 한평생 가족을 위해서 열심히 일하신 것밖에 없습니다. 그런데 왜 이런 가혹한 일이 우리 가정에 일어나야 합니까? 평범하게 살아가는 우리 가정이 감당하기엔 너무나 힘이 듭니다.*

*하나님 한 번만,*
*단 한 번만 우리 아빠를 깨어나게 해주신다면,*
*평생을 하나님의 은혜를 갚으며 살아가겠습니다.*
*하나님,*
*저와 저의 아빠를 정말 불쌍히 여겨주세요.*

채린은 숨죽여 눈물을 훔쳐내곤 했지만 이미 눈물샘을 빠져나온 눈물은 뺨을 타고 주르륵 흘러내렸다. 하염없는 눈물을 흘리며 간절하게 하나님께 기도를 드렸던 채린은 다시금 아빠의 손을 살포시 잡았다.

*아빠.*
*아빠가 이 세상에서 제일 사랑하고 예뻐하는 아빠 딸, 채린이야.*
*채린이가 지금 아빠 옆에 있어.*
*아빠, 내 목소리 들리지?*

*미안해, 아빠.*
*이렇게 아빠를 너무 많이 힘들게 해서.*

아빠!

아빠가 이렇게 깨어나지 못한다는 이야기를 들었을 때,

엄마와 내가 얼마나 울었는지 모르지?

아빠는 편할지 모르겠지만 이렇게 하면 안 되는 거잖아.


불쌍한 우리 아빠.

많이 외로웠지?

혼자서 괴로워하며 얼마나 외로웠겠어.

아빠가 마지막 순간까지 가족이 보고 싶다면서

'미안해'라는 말도 수없이 많이 했다는데

그게 너무 가슴이 아파.

가쁜 호흡을 몰아쉬면서도 끝까지 가족만 찾았다고 했는데,

그게 너무너무 가슴이 아팠단 말이야.


아빠!

아빠가 아직도 나한테 전화해서 "우리 채린이가 좋아하는 피자 사다 줄까?

아니면 햄버거 사다 줄까?" 하고 물을 것 같아.

그 목소리가 막 들리는 것 같아.

나는 그런 아빠가 있어서 정말 행복했는데…….


사춘기 때 내가 아빠를 속상하게 할 때도 여러 번 있었지만

그래도 내가 속 섞이지 않고 잘 커 준다고

우리 딸이 너무 고맙다고 해 주던 그 말이

요즘 들어 내가 더 고마웠는데…….

아빠! 그래도 그때마다 다 받아주며 무작정 예뻐해 주던 아빠가 있어서 정말 행복했어,

그런데 이렇게 일어나지 못하면 나는 이제 어떡해?


아빠.

가끔은 내가 짜증을 부려도 다 받아주는 아빠여서 정말 좋았고,

학원이 늦게 마칠 때 "우리 딸 지금 어디 있어?"라고 문자를 보내 줄 때 사실은 내가 얼마나 좋아했는데…….

그런 아빠의 사랑이 영원히 내 곁에 머물 줄 알았어.

그래서 아빠에게 내 마음대로 화도 내고, 내 맘대로 행동도 했는데,

이렇게 못 일어나면 난 어떻게 해?


아빠는 늘 그랬잖아.

내가 하는 말을 다 들어주고 다 지지해주고 다 믿어줬잖아.

그래서 엄마가 가끔 심통도 냈잖아. 요즘 보기 드문 딸 바보라고,

그런데

아빠가 이렇게 못 일어나면 이제는 누가 아빠처럼 날 예뻐해줄까?


아빠.

내가 정말 미안해.

지난번에 엄마와 말다툼하고 크게 싸웠을 때, 그래서 너무 힘들어할 때,

아빠에게 힘이 되어 주지 못한 것 정말 미안해.

지금은 많이 후회하고 있어.

정말 많이 후회하고 있어.


아빠!

아빠 딸 아직 결혼도 안 했잖아.

시집갈 때 누가 내 손 잡고 결혼식장에 들어가지?

누가 "내 손자, 내 손녀!" 하면서 예뻐해 주지?

내가 마음 아플 때 누가 달래주고 누가 위로해 주지?


아빠!

아빠의 얼굴을 보고 있으면서도 자꾸만 아빠가 더 보고 싶어.

일어나야 하지만 절대로 먼저 가면 안 돼.

하나님이 꼭 아빠를 살려 주실 거라고 믿어.

그때까지 꼭 참고 기다려 줘.

그런데 자꾸만 눈물이 나와.

그러면 안 되는데 어떡하지?


미안해, 아빠.

가끔 나의 마음속에 있는 사랑을 다 표현하지 못해서 미안해.

그렇지만 이제는 내가 말할 수 있어.

우리 아빠를 이 세상에서 가장 사랑한다고 말이야.

항상 마음속 깊은 곳에 아빠를 품고 살아오면서도 평소에는 하지 못했던 말들을 이제는 다 할 수 있어.

아빠는 이 세상의 그 어떤 것과도 대신할 수 없는 나에게 가장 소중했던 사람이라고 말이야.

아빠가 빨리 일어나기만 하면 돼.

이제는 내가 아빠의 수호신이 되어 줄 거야.


불쌍한 우리 아빠.

그동안 너무 고통스럽고 힘들었으니까 이제는 외로움도 없고,

슬픔도 고통도 없는 곳에서 잠시, 아주 잠시 좀 쉬었다가

빨리 일어나 예전처럼 우리 가족 모두 더 행복하게 살아야 해. 알았지?

아빠가 그렇게도 예뻐하던 나랑 같이 꼭 행복하게 살아야 해. 알았지?


참, 그리고 아빠,

나 포항공대 가기로 했어. 아빠 말이 맞았던 것 같아.

잘했지?

아빠 칭찬을 꼭 듣고 싶으니까 빨리 일어나야 해.


아빠, 사랑해.

매일 매일 하나님께 기도하면서 아빠를 기다릴게.

정말 많이 사랑해.

우리 아빠.

채린은 아빠에게 하고 싶은 말을 하며 연신 눈물을 흘렸다. 옆에서 함께 기도하고 있던 엄마는 채린이 흘리는 눈물을 연신 손수건으로 닦아주었다. 예진은 수건으로 자신의 눈물을 훔쳤지만 의연함을 잃지 않으려 애를 쓰고 있었다. 그러나 채린의 울음 섞인 목소리에 슬픔을 삼키고 있던 오빠 수현도, 외할머니도, 아빠의 친구 찬수도, 진호도, 외삼촌도 외숙모도 끝내 울음을 참지 못하고 여기저기서 흐느끼기 시작했다. 결국에는 참았던 눈물들이 여기저기서 터져 나오기 시작했다. 울음소리는 삽시간에 커지면서 순식간에 눈물바다로 변해버렸다. 내내 터져 나오는 눈물을 애서 참고 또 참았지만, 아무것도 받아들일 수 없는 아득한 현실에 예진의 가슴은 끝없이 녹아내리고 있었다.


순식간에 여기저기서 울음소리가 터져 나오자 아빠의 손을 붙잡고 오열하던 채린의 울음소리도 그야말로 절규에 가까웠다. 결국, 바닥에 털썩 주저앉아 버린 채린은 자신의 타는 가슴을 쥐어뜯으며 오열하기 시작했다.

"아빠, 일어나란 말이야. 이렇게 누워만 있으면 어떡해. 아빠."

채린이가 땅바닥에 털썩 주저앉아 버리자 함께 있던 사람들도 더 큰 소리로 따라 울기 시작했다.

"아빠! 불쌍한 우리 아빠. 어떡해 우리 아빠….."

채린이는 더 크게 소리 지르며 울기 시작했다.

"그래, 채린아. 엄마가 네 마음 다 알아. 제발 진정해, 채린아."

엄마도 울기 시작하자 채린은 더 크게 소리 지르며 울었다.

"우리 아빠 좀 깨워 주세요. 누가 우리 불쌍한 아빠 좀 일어나게 해 주세요. 이제 우리는 어떻게 살아. 이제 난 어떻게 살아, 아빠!"

"그래. 그래 채린아. 아빠는 일어날 거야. 우리 아빠 안 죽어. 채린아."

"아빠가 죽으면 나도 따라갈 거야. 불쌍한 우리 아빠! 엉엉엉엉…….

그때 예진은 자신의 양팔을 붙잡고 미칠 듯이 몸부림치는 딸의 얼굴을 와락 끌어안았다. 그리고 자신의 한 맺힌 가슴에 채린의 얼굴을 파묻어 버렸다. 엄마의 가슴에 얼굴을 파묻힌 채린의 울음소리는 그제야 조금씩 작아지기 시작했다.

"엄마……!"

"그래, 채린아. 엄마야, 엄마. 엄마 여기 있어. 엄마가 여기 있잖아. 엄마는 안 갈 거야. 엄마는 아무 데도 안 갈 거야. 채린이 옆에 있을 거야. 영원히 우리 채린이 옆에 있을 거야. 채린아! 이제 우리 아빠 살려 달라고 기도해야 하잖아. 응? 채린아."


옷깃을 단단히 여며도 차가운 날씨에

부슬비까지 추적추적 내리는 궂은 날씨였다.

부슬비가 내리는 잿빛 구름 하늘 위로

뿌연 안개가 먼 산을 타고 올라가고 있었다.

하늘 너머로 올라가는 길이었다.

이 땅에서의 모든 인연을 깨끗이 씻어 버리고

가엾은 영혼이 함께 떠나갈 것 같은 하늘의 길이었다.